ST警視廳科學特搜班

青色調查檔案

目次

ST警視廳科學特搜班——青色調查檔案

1

那棟公寓就在公園步道旁。茂密的灌木與銀杏樹種在步道兩側，在地圖上看起來是個斷斷續續的公園。

這裡以前有河川流過，之後填平作為綠地，因此沿著過去的河道，形成了幾座細細長長的公園。

戶川一郎站在公園步道上抬頭望著，那看起來是一棟平凡無奇又老舊的公寓，六層樓高，在這個住宅區裡算是比較大型的建築吧，就佇立在帶狀公園與高壓電塔之間。

戶川一郎喃喃地說：

「有沒有搞錯，今天起竟然要在這裡過夜……」

這一帶是鄰近目黑與世田谷交界的老舊住宅區，至今仍留有不少木造平房。這些外牆塗有砂漿的房子大多夾雜在小型的木造或水泥公寓之間，看起來好像隨時都會垮掉，因此就算消失也只是遲早的事。木造平房的居民必須考慮有效的土地利用，將自家改建為公寓。一般說來，拜高遺產稅之賜，擁有土地的獨棟房子通常傳不到三代。

不過戶川一郎與這些事無緣。

他在東京當然沒有土地，他的父母也沒有。雙親至今仍在東北天寒地凍的村子裡務農，兩老總是放心不下在影像製作公司擔任AD（助理導播）的他，但其實他們根本連AD是什麼都搞不清楚。

所謂的影像製作是什麼，他們應該也不知道。剛開始工作那年年底一郎回鄉過年，父母問了他很多工作上的事，但覺得要回答他們很麻煩，都隨便應付了事。

獨生子偶爾回家一趟，父母也不願壞了他的心情，便不再問東問西，也因此至今仍不了解一郎究竟從事著怎樣的工作。

一郎有時候自己也弄不懂，他想要是父母知道，一定會哀嘆這不是個大學畢業生該做的事。

AD的工作，說穿了就是打雜，有時候還會被導播當成出氣筒。別看那電視台劇本薄薄一本，捲起來打頭可是很痛的。當了AD之後，才發現學會的淨是些無謂的事。

戶川一郎真的很討厭這次的案子。眼前他正仰望的這棟老房子，是這一帶有名的鬧鬼公寓，最頂樓西側的那一戶總是沒人住。一般自住的房子一旦售出應該很少會空出來。然而，買這間房子的人通常搬進來不久便不惜賠本出售，搬離這裡。

因為，那間房子有鬼。

他事前已經做過基本調查，場勘也是AD的工作。這棟公寓名叫Garden Heights，想想要是外國人看到它的模樣再聽到名字，一定會失笑吧。日本的公寓老愛取這種名字。

這棟公寓每一層有五戶，共有六層樓。也就是說，總計應該有三十戶，但大多時間維持在二十九戶。

就算有新的住戶搬進來，據說能撐三個月就算了不起，這裡的每一戶陽台都是面南，公寓本身的大門也是向南，門前有一點點停車空間。是給郵務車之類的貨車暫停，並非住戶停車場。

換句話說，對住戶而言，陽台下方便是停車空間。那間有問題的單位，目前是空房。

一郎效力的八爪魚製作今晚起要在那裡進行拍攝，為的是TBN電視兩小時特別節目，內容是介紹全日本著名的靈異景點，這類節目一直深受觀眾喜愛。

八爪魚製作是這個節目的外包廠商，社長八卷克也曾是TBN的名製作人，多虧有這一層關係，公司才好歹撐著沒倒。

這年頭因為不景氣，影像製作公司一家倒過一家，有工作就要偷笑了。但是，多希望可以不要參與靈異節目的製作。一郎從小就最討厭鬼故事、靈異現象，自己也覺得自己膽小得可笑。至今，只要聽到鬼故事，回到家只有一個人的時候還是會害怕。

「真討厭。」

一郎從大門踏進公寓。因為是老房子，門不會自動鎖上，大廳也很小，管理室的窗口在右手邊，左手邊是一排排信箱，正面是電梯，電梯右邊是樓梯。

但一郎必須向管理員和住戶解釋作業程序，一一尋求他們的同意，物業管理公司那邊已經取得拍攝許可。他先嘆了一口氣，才按了管理室窗戶旁的對講機按鈕。這些接洽進行得很順利，接下來可能一連好幾天都要在這裡過夜。一想到這裡，一郎又憂鬱了起來。

這次擔任導播的千葉光義正一臉嚴肅地瞪著劇本。千葉的話很少，從來不多說半句閒話，只要是他開口的事，一概不容妥協。志在製作新聞報導節目的千葉被叫來拍超自然節目可能覺得很沒趣吧。

只要千葉高舉反旗，也許就不用做這個節目了。一郎有那麼一瞬懷著這樣的期待，但事情都進行到這個地步，企畫當然不可能中止。更何況，考慮到公司的窘況，任誰都明白由不得他們挑工作。而且，千葉恐怕是公司裡最成熟明理的人，更不可能隨口就說不做。

這間房子的格局中空間最大的是客廳，好幾架攝影機架在客廳，朝陽台的方向照著。出入口附近，裝了照明裝置，還有一架矮梯，是給燈光師調節燈光角度用的。

千葉拿出手機貼到耳邊，「知道了。」他只說了這一句，便掛了電話，然後轉向一郎開口說：「老師到了。」

一郎反射地說：「我去接吧？」

「不用，我去。」

千葉離開房間，不久後便帶著安達春輔返來。安達春輔是最近竄紅的靈媒，他身後是另一名AD上原毅彥，剛是他開公司的箱型車去接安達，但他途中一定跑到哪裡摸魚了，一郎心想。

上原毅彥是個很懂得鑽營的年輕人，頭髮染成咖啡色，打扮很明顯就是幹這行的人會有的樣子。明明只比一郎早入行一年，卻很愛擺前輩的架子。不過，一郎想到在他進來之前，上原都是一個人被奴役使喚，便也就不計較了。

TBN好幾次請到安達春輔來當特別來賓，還滿受觀眾歡迎。他給人的感覺是很像能劇演員，常是面無表情，眼睛長長的，可以稱得上是英俊吧，今年二十九歲，據說至今已經除過多次嚴重的靈障，總是一身黑色高領毛衣加黑色西裝外套，微鬈的劉海覆在額頭上。

一進到房子裡，安達春輔便皺起眉頭。一郎注意到了，卻什麼都沒說，招呼節目來賓不是AD的工作。

當然，注意到安達春輔情況有異的，不止一郎一人。

千葉開口了：「安達先生，怎麼了嗎？」

「不好意思。」安達說，「我頭有點痛。」

他似乎是期待每個人都了解他這麼說是什麼意思。千葉順勢問：「有感應了嗎？」

安達春輔一接收到靈的波動，就會開始偏頭痛。凡是知道安達春輔這個人的，都知道這件事。

安達春輔神情凝重，緩緩環視屋內，然後穿過客廳，靠近面向陽台位於右手邊的拉門，門後是一間約三坪大的和室。

安達春輔進了那個房間，所有工作人員都心驚膽顫地跟在他身後，探頭看向房裡，一郎跟在最後面。

房裡鋪著已經呈紅褐色的榻榻米。安達春輔站在那個房間的中央，像是看著無形之物般，眼神緩緩環視四方。

「就是這個房間了。」安達春輔喃喃地說。

千葉問：「你是說，有鬼的是這個房間？」

「這裡感覺到的波動最強，我想應該是死在這裡的人魂魄未散，曾有人在這裡自殺。」安達春輔的表情似乎因痛苦而更加糾結。

「應該是名女性，我想是三十多歲的主婦。」

千葉向工作人員說：「喂，那邊撤掉，把攝影機移到這個房間來。」

本來已經架設好的攝影機、照明全部移到這間三坪大的和室，這間房隔著一道拉門與另一間和室相連，那邊約是兩坪大一點。

「把拉門拆下來，攝影機架在小房間那邊，一般和夜視兩種都要。」

千葉明快地下令。

這時候，主任細田康夫來了。他在大膽的酒紅色襯衫外穿著黑色西裝外套，戴著淺藍色鏡片的眼鏡。

「喂，女主角出場囉。」

細田康夫帶來了在節目中負責解說的水木優子。她是個年近三十歲的藝人，年輕時在綜藝節目裡也算活躍，但現在已不紅了。

這算哪門子的女主角啊，一郎在心中咕噥。

不過就是陪著在現場說出體驗，這個節目的主角是安達春輔。水木優子戴著太陽眼鏡，千葉向她介紹安達，這時候她才摘下了太陽眼鏡。

水木優子很有禮地打了招呼，但看得出那是一種習於工作的制式禮貌。

有關她的緋聞很多，長得不是特別漂亮，也許是散發著獨特的費洛蒙吧，就是很有異性緣。

她從來沒有上過情色節目，也不是那種以身材為賣點的藝人，但就是特別受到工作人員的喜愛。很多人背地裡毒舌，說她就是靠著那特殊的費洛蒙，才能在電視圈苟延殘喘至今。

一郎覺得這些都無所謂，反正對AD而言，節目來賓都是可望而不可及。既然水木優子到了，眾人便立刻展開攝影的準備工作，以免浪費藝人的時間，引來經紀公司囉嗦。

在等候水木優子化妝的期間，準備工作總算都完成了。在這陰森森的三坪加兩坪多的房間裡，只要埋頭做事，就能忘掉內心發毛的感覺。

首先，從公寓外開始拍攝。一郎處於無言的緊張中，一手拿著劇本確認流程。他們拍了水木優子與安達春輔的對話，要用在節目開場。

「喂，不要拍到那座電塔比較好吧？」一郎聽到細田主任對千葉說。

「要是拍到那座電塔，就會被猜出是哪棟公寓，之後被告上法院可不是好玩的。」

「不用擔心，」千葉面無表情地回答，「電塔沒有入鏡。」

「厲害。」細田油腔滑調地說，「交給小千千，一切搞定是吧。」

千葉悶不吭聲，依舊面無表情，不做任何回答。

公司裡誰都知道這兩個人不合。細田一舉一動都像電視圈的人，就是所謂的「圈內人調調」，反觀千葉則是具有工匠氣質，個性老實又直性子，擅長報導類的紀錄片。

在公寓外的對話拍完了，再來還有幾場在室內的場景。一拍完這一場，水木優子就回到經紀人車上，事後會利用剪接，讓觀眾以為她一直都待在鬧鬼的公寓裡，但實際上不可能要她全程配合。

此外還要拍攝附近居民的說法，訪問先前的住戶等等，要做的事很多。千葉俐落地完成工作分配，一郎也專心地照著千葉的指示去做。

終於，頭一個夜晚降臨了。工作人員要徹夜以夜視攝影機拍攝，等候異象發生。忽然間天色變了，看來隨時可能都會下雨。四周沒有大型的建築物，這裡雖然只是六樓，視野卻相當好，遠遠地可以望見東京鐵塔。

他們幫水木優子在山手通附近一家商務飯店訂了房間，她錄完便回飯店休息，同時也訂了房給安達春輔，飯店到公寓之間大約是十分鐘的車程。

安達春輔要盡可能陪同工作人員，一旦有靈異現象發生，得請他設法處理。攝影師、燈光師、千葉、安達春輔以及一郎，都留在公寓裡。

一郎心想著但願什麼事都不會發生，邊望著顯示器。然而，什麼都沒發生就做不了節目，電視台希望能拍到清晰的靈異現象。

安達春輔像是嘆息般發出聲音，一郎直覺地朝他一看，發現他按著頭部右側，在顯示器發出的微光中，看得出他皺著眉頭。

「頭痛嗎？」千葉問安達春輔。

「嗯。」

在場的每個人都緊盯著夜視攝影機的顯示器。

「嗚啊。」

人在最後面的燈光師叫出聲，一郎嚇得幾乎彈起來，回頭去看他，其他人也一樣。

「怎麼了？」千葉問。

在顯示器的微光中，燈光師的雙眼因為恐懼睜得大大的。

「我看到了。」

「看到什麼？」千葉追問。「看到什麼東西？」

「像是白光一樣的東西朝這裡飛過來。」

安達春輔點點頭：「我也看到了。」

千葉問一郎：「你看到了嗎？」

一郎搖搖頭。

「沒有。」

心想，幸好沒看到。他從來沒看過也沒感應過靈異現象，以後也不想碰到。

「攝影機先停下來，倒回去確認。」

攝影師停止拍攝，以倒帶模式回到前段重播，但結果顯示器上只出現了夜視攝影機獨特泛白影像拍出的屋內景象，沒有拍到任何特別的東西。

「再繼續拍。」千葉說，「不管感應到多少靈異現象，沒拍到都是白搭。」

「除了夜視攝影機之外，不如也用一般攝影機來拍吧？」

安達春輔對千葉說。

「一般攝影機？這麼暗派不上用場啊。」

「一般以拍立得進行的念寫（譯注：或譯為心靈照相，是一種能夠將意念顯現在底片上的超能力。）中，靈體也是以光的方式呈現，所以說不定一般攝影機反而能捕捉到那種微妙的光。」

千葉沉思了一下，對攝影師說：「也把一般攝影機打開，用三腳架固定就好。」

「是。」

之後，時光在沉默中流逝，大家在黑暗中一直盯著顯示器，終於等到天亮，安達春輔說要去飯店補眠，這就代表什麼都不會發生了，千葉宣布攝影結束。

第二天也在同樣的情況中過去。

安達春輔說他確實感覺到靈的存在，然而影片並沒有拍到任何東西。

「最好是用比較清晰的大螢幕仔細查看。」安達春輔面無表情地說，「也許拍到了從小的顯示器裡不容易看見的光點，靈體經常是以這種形態被拍下。」

千葉神情疲倦地點點頭。

「讓我們期待有好的成果。」

然而，細田主任並不滿意這樣的結果，他是那種既然什麼都沒發生，就讓事情發生的人。他的論調是，電視節目全都是演出來的。他與千葉很多地方意見相左，這也是其中之一。

細田說：「不就是為了這種情況才要請藝人。」

千葉露出訝異的表情問：「什麼意思？」

「應該要發出個什麼聲音，來嚇一嚇藝人之類，把他們害怕得不知所措的樣子拍下來啊，不然被靈魂附身也可以，這點小事，優子應該會願意配合。」

「那樣不就是做假嗎？」

「不行嗎？你以為這是什麼節目？這可是靈異節目的特別篇，難道你不知道電視台想要什麼？就是那一類的畫面啊！發生了令人毛骨悚然的事，把藝人嚇得花容失色，然後在藝人身上發生怪事，靈媒出手相救，這不是很基本嘛。」

「那不是我的做法。」

「是喔，那是我的做法，你有意見嗎？」

「這是我的節目，我要用我的方式來做。」

「你搞錯了，這不是你的節目，是TBN的節目，而且這個節目不是你爭取來的，是我本人。」

「但是，現在是由我負責。」
「讓你負責，永遠都不會有結果，製作經費有限，從現在起，由我作主。」
「叫藝人做假，最近的觀眾根本不買單。」
「觀眾又怎樣？這種事讓電視台自己去想，而且是TBN的板垣製作人說要用優子，你有意見就去跟板垣說。」
「我並不反對用藝人，我說的是用法有問題。」
「什麼問題？靈媒說這裡有鬼不是嗎？既然這樣，當然就要把影片拍得讓人家看得懂啊。」
「電視台要的不是那種的影片。」
「你懂什麼！」
「你那一套已經行不通了。」
兩人的口角越來越激烈，一郎感到焦慮，倒是另一名AD上原完全不以為意，臉上連苦笑都沒有，一副早已司空見慣的樣子。

「既然你不願意聽我的，大可離開這個節目，怎樣，乾脆把工作也辭一辭啊？」

千葉咬緊牙根，嘴巴抿成一條線，他瞪著細田看了一會兒，最後移開視線，說：「知道了。」

當晚，千葉沒有參與拍攝，細田顯得毫不在意，拍攝在細田的指揮下進行。他要擔任現場播報的水木優子訪問附近的居民、和靈媒一起造訪一些可疑的地方，把這些情形拍下來。然後，深夜回到公寓，拍下水木優子害怕種種聲響，而安達春輔沉著冷靜地解說的畫面。

在那個房間裡拍攝到一半時，安達春輔拿出紙人，貼在額頭上，閉起眼睛，做出祈禱的模樣，然後把紙人朝半空中扔出去。落在地板上的紙人頸部不知為何破掉了。

於是他說：「這裡的靈和脖子有很深的關係，不是上吊死的，就是頸椎骨折致死。總之，和脖子脫不了關係。」

水木優子一臉害怕地附和：「脖子啊，那一定很痛苦。」

一郎看那個紙人，只覺得背上竄起一陣寒意，因為紙人的脖子破掉一半是千真萬確的事實。

拍攝即將結束時，千葉終於現身，一直盯著主導拍攝的細田看。一郎很在意他的眼光。

「好，OK了。」細田說，「拍攝全部結束，辛苦了。」

水木優子開朗地向四周的人一再說「大家辛苦了」。

工作人員開始撤場。這時候，千葉開口了：

「機材不要動，攝影師也再留一下。」

工作人員都一臉驚訝。

千葉繼續說：「不好意思，安達先生可不可以也再留一下？」

安達微微蹙起眉頭，但最後還是點頭了。

「可以。」

「不是拍完了嗎？」水木優子一臉不情願地問。

千葉以公事公辦的口氣對她說：「水木小姐可以回去了。」

水木優子臉上的表情有些複雜。

一郎明白千葉的意思顯然是「這裡不需要妳」，水木優子一定也猜到了。

細田對水木優子說：「妳先下去在車上等。」

水木優子離開之後，細田質問千葉：「你到底想幹什麼？」

「拍攝。」

細田露出「真受不了你」的表情說：

「已經拍完了，去慶功吧，餐廳我訂好了，在代官山的『颱風』。」

「你的工作你做完了，我要做我的工作。」

「喂，機材、帶子的錢和人事費都是公司出的，由不得你想幹什麼就幹什麼。」

「又不是你的公司。」

細田瞪著千葉，但千葉沒有絲毫退讓的樣子，最終，細田說了：「也不是你的公司。」

一郎聽著他們兩人的對話，對於未知的結果感到很不安，老實說他很希望拍攝就此結束。

安達春輔說：「人多的時候很難發生靈異現象，不如就開著攝影機讓它拍，所有人先離開現場。」

千葉和細田同時轉頭看安達春輔，安達依舊完全面無表情，常有人形容他像是戴著能劇面具，一郎覺得此刻安達春輔的臉真的就是一張能劇面具。

「你認為會拍到東西？」

安達春輔點頭。

「這裡的靈非常強，應該能拍到才對。」

細田稍微想了想。

千葉說了：「不管拍不拍得到，我就是要拍到我滿意為止。」

「哼！」細田說，「隨便你！喂，戶川。」

一郎忽然被叫到，嚇了一跳。

「是。」

「你不必留下來，一起去慶祝。」

一郎偷看了千葉一眼。工作上，他多半是跟著千葉，細田是明知如此才這麼說。

「不了，我晚一點再趕過去，也還要收拾……」

細田看了一郎一眼，轉身背對他們，走出這房間。

千葉立刻著手工作，他問安達春輔：

「攝影機的位置，依照最初的安排就可以了吧？」

安達春輔回答：「可以。」

「只留攝影機，房間裡不要有人在比較好是嗎？」

「是的。」

千葉果決明快地向留下來的攝影師和一郎下達指令，要他們架設好機材。

「可是，」攝影師說，「這部攝影機至少三個小時就要換一次帶子。」

千葉看看時間，一郎也反射性地跟著看手表。

快晚上十一點了。

「兩點再來換一次帶子，夜視和一般的都要。」

結果還不是要我來。一郎一想到這就心情沉重，本來都是有一大群人在，這次得一個人來這個黑漆漆的房間。

啟動攝影機後，一行人離開了公寓，千葉對安達春輔說：「我送你到慶功宴的地方吧。」

公司的車好像被細田和AD上原開走，水木優子的經紀人的車也不在了。一郎到大馬路上攔計程車，千葉、安達春輔、攝影師和一郎四人上了車，前往慶祝殺青的會場。這麼一來，參與拍攝的所有人都在殺青宴會場到齊了。

那是在舊山手通上一家南方風格的餐廳裡，營業到凌晨五點。

細田已經整個喝開了，他要水木優子坐在旁邊，一張臉紅通通的，心情好極了。水木優子看來也是因為工作結束而放鬆，喝得很醉。細田招呼安達春輔，把他叫到水木優子旁邊，於是變成細田與安達春輔中間坐著水木優子。

千葉和一郎在稍遠處另開一桌，悄悄地開喝。一郎心想，可不能喝醉，兩點必須回公寓去換帶子。與其在這裡喝酒，他更想找個地方小睡一下，要是喝了酒，一定會馬上就睡著。

「一郎，」喝了一口啤酒的千葉說：「你等下可以回去了。」

一郎吃了一驚。

「可是，兩點要換帶子。」

「是我說要拍的，我去換。」

「不，那是AD的工作。」

「沒關係，你五點再去收帶子就好，我不想讓帶子落入其他人手裡。」

所謂的其他人，顯然指的就是細田。

「我是可以五點去，可是……」

「你隨便吃一吃就回去睡吧。」

千葉的語氣很冷，但他的體貼令一郎感到很高興，最棒的是不必一個人半夜進那個屋子，還有時間可以好好睡個覺。

「謝謝導播，」一郎行了一禮，「那我就恭敬不如從命了。」

2

一開始，一郎還以為是誰在那裡睡著。

他自己也還沒完全清醒，用備用鑰匙打開六〇一室門，穿過走廊打開客廳嵌有裝飾玻璃的門，開了燈，一郎愣住了。

有個人躺在地板上，屋裡充斥著屎尿味。一郎皺起眉頭。那個人是腳朝門口的方向俯臥著，一郎對那身衣服有印象，是主任細田康夫。

是續攤之後喝醉，才跑到這裡來嗎？也許是爛醉而失禁吧。那就讓他睡，小心別吵醒他。先確認帶子在不在，千葉交代不能讓帶子落到細田手上，實踐這項指令是第一要務。

攝影機還在運轉，表示帶子在裡面。

一郎忽然覺得不太對勁，退回客廳。細田主任的臉朝向著另一邊，一郎悄悄地移動到看得到他臉的地方。

然後，僵立在那裡。一郎發不出聲音來，茫然地想著：

啊啊，早知道就不看了，該不該裝作沒看到？

細田眼睛是睜開的，失去了光輝，是一雙空虛的眼睛。嘴巴張開，舌頭掛在外面。他死了，屎尿味是來自他的屍體。

一郎的腦袋完全無法運轉，不知道該如何是好。突然，隔壁房間發出聲響，讓他心頭一驚，以為還有人。然而，那是攝影機停止的聲音，帶子用完了。

我得要收帶子。

一郎走向小房間，突然又想了一下。不對，這件事晚點再做也行，但細田主任死了。

他又回到客廳，可是他不知道先做什麼才對。

千葉的指令在腦海中閃過。一郎再度來到小房間，不知所措地在客廳與小房間來來去去好幾次之後，他從攝影機裡取出帶子。

將帶子拿在手中時，才總算想起應該用手機打通電話。然而，一郎撥打的不是一一〇，而是千葉的手機。鈴聲響了超過九下，終於有人接了。千葉當然是在睡夢中，聲音聽起來非常不高興。

「一郎嗎？幹嘛？」

「那個，細田先生在現場掛掉了。」

好一陣子沒有回應，然後千葉才說：「掛掉是什麼意思？」

在圈內，對於累到極點、爛醉如泥或是久無音訊都可以說是「掛掉」，千葉想確認的是哪種狀況。

「不，是那個。」一郎回答，「真的掛了，在拍攝現場的客廳裡。死了。」

沉默再度降臨。

一郎移動到小房間，盡可能不要去看到客廳的情況。

千葉的聲音響起。

「你先打電話報警，盡量不要去碰屋裡的東西。」

「我知道了。」

「我馬上過去，你先打一一〇，然後待在那裡不要動。」

「好。」

電話掛了。

這時候，一郎發現自己左手拿著錄影帶。千葉說不要碰屋裡的東西，但他已經碰過錄影機了。

要把帶子放回去……嗎？

一郎猶豫不決。然後，想起發生糾紛時的第一原則——立刻向導播報告。一郎決定把帶子交給千葉。

他用手機打了一一〇，回應的是一個俐落女性的聲音：

「喂，這裡是一一〇，請問發生了什麼事？」

百合根友久忍住一個哈欠。

眼前，熟悉的鑑識作業已經開始了。機動搜查隊隊員耳朵戴著接收指令的耳機，一手拿著活頁筆記本來回走動，筆記本上夾著長尾夾。

房間裡有一具倒地的屍體。

曾經，光是這樣就令他緊張不已，然而身經百戰之後，百合根也習以為常，就像是已習慣得在現場忍住哈欠一樣。

「警部大人。」

菊川吾郎出聲。菊川是名中年的警部補，看上去是個老練的刑警，他確實是個很像刑警的刑警，彷彿相信自己非這樣不可，他的年紀比高考出身的百合根大上許多，但階級卻低了一階。「大人」兩個字，當然極具諷刺意味。

「要看死者嗎？」

「嗯。」

百合根走近屍體。一具雙眼與口都張開的遺體，是名中年男子。屎尿齊流意味著死亡來得突然，非自然死亡大多都是滿身屎尿，管他是中年男子還是美少女，屍體都是一個樣。

沒有出血，近旁就有一架矮梯，從屍體的相對位置看來，似乎是從矮梯跌落。脖子的角度極不自然，也許是從矮梯跌落時折斷了頸椎，如此一來，便是意外死亡。

這間房似乎是空屋，沒有任何家具，取而代之的是約兩坪大的房間裡架著兩台攝影機和顯示器。

「他們在這裡做什麼？」百合根問菊川。

「來拍電視節目。」

菊川一定也是睡夢中被挖起來的吧，一看就知道他心情很差。話說回來，百合根也從來沒看過菊川心情好的樣子。

「看起來像是意外死亡。」

「警部大人，匆促論斷是大忌啊。」

「我知道。」

「那，ST的人呢？」

「正在來這裡的路上。」

應該是吧。

ST是警視廳科學特搜班（Scientific Task Force）的簡稱。刑事部搜查一課也有科學搜查專員，但ST與他們不同。ST的組員不是警察，而是隸屬於警視廳科學搜查研究所的技術官員，因此他們沒有警察手冊，也不配戴手銬和手槍。

「我的獵物在哪裡？」

一個低沉有力的聲音在門口響起，百合根不禁回頭。

是ST的老大赤城左門來了。

目黑署的鑑識人員瞬間全停下手邊的工作朝赤城看，倒是赤城本人絲毫不以為意地朝百合根與菊川走來。

自然不修飾的髮型，臉上還帶著鬍碴，不過應該不是大清早被電話挖起來的關係，因為他臉上隨時都冒著鬍碴。不知為何微亂的頭髮和鬍碴在赤城身上就不會顯得骯髒，反倒構成一股頹廢男子的魅力。對此，百合根總是感到不可思議。

「死者在那裡。」

百合根一指，赤城馬上走近屍體，略一檢視，便以低沉的聲音說：

「頸椎損傷，死因多半是延腦受到致命傷害。」

旁邊的鑑識人員停下手邊的工作走過來。

「你是監察醫（譯注：日本各地由地方首長任命執行行政解剖的醫師。）嗎？」

赤城眼睛仍盯著屍體，直接回答：

「我是醫生沒錯，隸屬於科搜研。」

「科搜研？那不就是傳說中的ST？」

「我是赤城，負責法醫學。什麼傳說？」

「就是會有不知道是科警研還是科搜研的人來到現場。」

另一名鑑識人員走過來說：

「我還聽說過你們跑到俄羅斯去破解某樁案件的事。」

赤城皺起眉頭：「破解案件？說得好像外行人。」

又有另一名鑑識人員說：

「我們只是收集辦案必須的證據而已，這些證據在辦案和審判上會被怎麼運用，我們完全不會知道，在案件的處理上，的確是跟外行人沒兩樣啊。」

赤城看了看矮梯：「這個本來就是立著的嗎？」

頭一個出聲跟赤城說話的鑑識人員回答：

「本來就是立著的。如果是倒著的話，脖子折斷就沒什麼好奇怪的了，偏偏它還是站著的……」

「對，」另一名鑑識人員說：「人失去平衡或跌倒時，會反射地伸手去撐，因此手腕、手肘、肩膀等處就會出現骨折或脫臼，然而這名死者似乎沒有伸出手的跡象。」

又有另一名鑑識人員說：「如果是向後倒就另當別論了。」

「向後倒啊。」赤城摸了摸屍體的後腦勺。

三名鑑識人員直盯著他看，百合根和菊川也注視著赤城手上的動作。

「有了！」赤城說，「有血腫。」

「血腫？」

發問的是菊川。赤城面無表情地回答：「腫了一個包。」

三名鑑識人員想加以確認。

「可是，」鑑識人員之一說，「這樣的話，為什麼屍體會是趴著呢？」

大概是聽到他們的對話，機動搜查隊的人也靠了過來，赤城身邊立刻形成人牆。這是每次必然的事，百合根總是為此感到驚訝，赤城就是有一種吸引人的獨特氣質。

然而赤城似乎打從心底認為獨來獨往才是他的生存方式。這點百合根就不明白了，他總覺得，要是自己有赤城一半的人望就好了。

一個巨大的人影無聲無息地從百合根身旁掠過，嚇了他一跳。

長長的頭髮在腦後綁成一束，這個令人絲毫感覺不到氣息的巨漢，便是ST的黑崎勇治。

「喔！」菊川似乎也對黑崎的出場感到驚訝，「不愧是武術高手，一點聲響都沒有。」

就如菊川所言，黑崎精通好幾種古武道，據說他一有空便會出門到處尋訪日本傳統武術之人，百合根從沒見過一個和武者修行之旅這個詞如此登對的人。

黑崎是ST的第一化學專員，專長是鑑定化學、毒氣意外等，他敏銳的嗅覺對這份工作大有幫助，連微量的化學物質都能察覺，已經到了香水調香師或香道高手的等級。不，可能凌駕其上，因此科搜研的同事都叫他「人肉嗅覺感測器」。

「喔，黑崎，你來聞聞看。」

被赤城這麼一叫，黑崎報以責難的眼神，好像在說我又不是狗。

黑崎走過去，檢視屍體。

「怎麼樣？」赤城說，「不是你也聞得出來，殘留不少酒精吧？」

黑崎無言地點頭。

「像是一直到死之前都還在喝？」

被赤城一問，黑崎又無言地點頭。

黑崎難得開口，極度沉默寡言，但就百合根所知，他與赤城在溝通上從來沒有發生過任何問題。

「快進來。」

門口處傳來年輕女子的聲音，是結城翠。

因為聽見說話聲而無意識地朝女子所在的方向看了一眼的鑑識人員和機動搜查隊員，彷彿瞬間凍結，他們的眼睛再也離不開結城翠，全都傻了。

但裡面恐怕有好幾個人是看到與結城翠一起現身的青山翔而看呆了。

帥哥美女連袂出現。

結城翠穿著低胸的薄毛衣，搭配短得可怕的迷你裙，紅色毛衣的前襟清清楚楚看得到豐滿乳房形成的乳溝，白色皮短裙底下的大腿也幾乎一覽無遺，長髮本來是自然地披在背上，在進入現場前，迅速將頭髮盤在後腦。

青山滿臉睡意，簡直像是在發起床氣的孩子，誰教結城翠連拖帶拉地將他帶來。百合根這輩子沒見過像青山這麼美的青年，五官端正，膚色白皙，頭髮微鬈的波浪構成平衡度絕佳的髮型。

緊抓住全場男性視線的結城翠，是ST的物理專員，彈道與聲紋比對是她的專長，尤其在聲音方面，她是專家中的專家，擁有非比尋常的聽力。她有個特別志向是想當潛水艦的聲納手，然而一個決定性的因素迫使她放棄夢想——翠有嚴重的幽閉空間恐懼症。

青山翔則負責文書鑑定，他的工作是罪犯的心理分析，人物側寫也是其中一環。

翠對百合根說：「我去接青山，所以來晚了。」

百合根點點頭，他知道如果翠沒去接，青山可能就不會來了。

「總之先看看現場。」

百合根這麼說，翠點點頭。

赤城對翠說：

「後腦有血腫，看樣子是從這矮梯摔下撞擊到後腦，這也就表示他是向後跌落，但正如妳所見，屍體是俯臥。妳的看法如何呢？」

翠朝矮梯瞄了一眼，然後低頭看屍體：

「矮梯的高度，大約一百五十公分？」

一名鑑識人員立刻回答了翠的問題：

「精確地說，是一百五十五公分。」

「就算是失去平衡往後跌，第一個撞到的應該是腰，不太可能從後腦著地去折斷脖子。」

翠一這麼說，鑑識人員紛紛點頭，看來他們正努力將視線從翠的身上移開。

青山在門口附近蹲下來，漫不經心地左右環視屋內，看起來不像在工作的樣子。

菊川看到青山的舉止，小小嘖了一聲。

青山正眼也沒看屍體一眼便走出客廳，從隔壁的房間傳來他的低呼：

「哇喔！」

百合根感到好奇，便走過去。那是個空無一物的三坪大房間，有個拉門，門後是兩坪的小房間。拉門是敞開的，青山正看著小房間。不用問也知道是什麼吸引了他的注意力：小房間裡有兩台架在三角架上的攝影機，後頭還有顯示器。

青山問百合根：「他們在這裡做什麼？」

「據說是拍電視節目。」

「什麼節目？」

「這就不知道了，還沒有直接和相關人員訪談，聽機動搜查隊說，好像是在錄製靈異現象的特別節目之類。」

「靈異現象？」

青山筆直地看著百合根。

被這樣一個俊美青年凝視，難免會臉紅心跳，不禁令人感到美確實是一種力量。

「這間房子真的會發生靈異現象嗎？」

「這我就不知道了，但不就是因為有這樣的傳聞，才會來拍？」

「哦。」

青山在大房間裡四處察看。

這時候，菊川從門口探頭進來對百合根說：

「警部大人，刑事調查官到了。」

「川那部先生嗎？」

菊川點點頭，看得出他很緊張。

刑事調查官是搜查一課的資深刑警，負責於命案現場驗屍的刑事調查官，也稱檢視官，通常是由具有十年以上辦案經驗、位階在警視以上，並修過法醫學的人來擔任。

川那部遼一是警視廳搜查一課三名檢視官之一，而這次百合根決定出動ST的原因，便是這位川那部警視。

主管ST的，是科搜研的第二把交椅，管理官三枝俊郎警視。三枝管理官並非走高考的精英，而是一步步從基層晉升到警視的優秀刑警。

川那部是三枝的死對頭。百合根曾被科搜研所長櫻庭大悟兜圈子交代，要他為了三枝不能輸給川那部之類的。川那部顯然把ST當作絆腳石，這一點百合根也覺得不是滋味。

這具非自然死亡的屍體是什麼程度的案子目前還不明朗，本來也許是交給轄區處理即可。但是百合根決定出動，因為他料到川那部會來驗屍，果不其然，川那部來了。百合根將青山留在大房間，自行回到客廳。

川那部檢視官一如往常，頭髮一絲不亂地往後梳得服貼，身著無懈可擊的深藍色西裝，西裝褲的摺縫筆挺得有如剃刀刀鋒，白襯衫也不見縐褶，無論何時何地，他的穿著都完美無缺得令人感到壓迫。

川那部檢視官一看到百合根當下便說：「你在這裡做什麼？」

「來看現場。」

「這不是科搜研出頭的時候。」

然後，川那部看著赤城說：「別碰屍體。」

赤城朝川那部瞥了一眼，視線又立即回到屍體身上，無視川那部。

檢視官火大地走近屍體。

「閃開，驗屍是我的工作。」

赤城看也不看川那部，說：「在法律上，驗屍需要醫生在場。」

「不合實情，所以才會由刑事調查官代行驗屍。」

「我是醫生，是法醫學的專家。」

川那部皺起眉頭。

「我倒忘了，但是既然我來了就沒你的事，辛苦了。」

赤城橫了川那部一眼。

在旁將這些看在眼裡的菊川焦躁地向百合根耳語：

「喂，惹毛了刑事調查官一點好處都沒有，快想辦法。」

站在赤城旁邊的翠立刻轉頭看菊川。一般人根本不可能聽得到菊川跟百合根的耳語，但是翠就是聽得到，她的聽力遠遠超乎常人。

菊川和翠的眼睛對上了，這才想起翠有過人的聽力，尷尬地將視線轉向別處。

百合根不知該怎麼辦才好，他是ST的班長，在組織上與係長同級，然而他實在不覺得自己是他們的上司。

奇異的沉默籠罩了現場。

化解這陣尷尬的，是山吹才藏的聲音。

「不好意思我來晚了，我剛做完早課趕過來。」

山吹才藏一身黑色僧服。

頭一次見到山吹的轄區鑑識人員和刑警全都訝然無語地注視他。

終於有一名刑警說：「是誰叫和尚來的？」

每次山吹出現在現場，一定會有人說這句話。

山吹才藏是ST的第二化學專員，藥學專家，負責毒品等的調查分析，另一方面，他也是具有僧籍的曹洞宗正式僧人，家業是寺廟管理。

「首先，得先問候死者才行。」

那一身穿著打扮正是標準的僧人，他開始唸起般若心經。

沒有人敢對山吹有意見，鑑識人員和刑警都停下來，就地低頭。甚至有人跟著合掌默禱。

就連川那部也不敢說什麼。

3

百合根不得不叫赤城把驗屍一事交給川那部檢視官。赤城一離開屍體旁，圍在他身邊的鑑識人員也跟著散了。

黑崎、山吹、翠也來到百合根身旁。

赤城問百合根：「我好像看到青山來了。」

「他在隔壁的大房間。」

「在那裡做什麼？」

「不知道，我不知他在想什麼，大概是聽到靈異現象，激起了他的興趣吧？」

「靈異現象？」山吹問，「怎麼回事？」

「聽說這裡本來是在錄電視節目，好像是關於靈異現象的特別節目。」

「哦。」山吹只應了這麼一聲。

「請問，」百合根問山吹，「真的會有靈異現象嗎？」

「不能斷定說沒有，類似的現象是有可能的，不過是否為鬼魂作祟，我就不敢說了。」

「不是有和尚靠驅魔去邪來賺錢嗎？」

翠這麼問，山吹坦然回答：「那就跟醫生開鎮靜劑的意思一樣。」

百合根吃了一驚：「出家人說這種話好嗎？」

「我是禪宗，不講靈魂，只管打坐，這是道元的教誨。」

川那部檢視官的聲音響起：「進行行政解剖就行了，身分呢？」

旁邊的轄區刑警回答：

「細田康夫，五十一歲，八爪魚製作公司的共同經營者，職稱是主任，他身上有名片。住在世田谷區經堂，這是從駕照得知的。」

「目擊者呢？」

「沒有目擊者。」

「他一個人拍嗎？」

「據關係人說，是放著攝影機自動拍攝，所有人都離開了。」

「那麼死者應該是想起了什麼事，單獨回來？」

「我想是這樣。」

「主任這個位子是責任職吧？」

「我想是的。」

「有沒有人聽到爭吵或是看到什麼可疑人物？」

「沒有。」

川那部檢視官點點頭說：「那就是意外死亡了。」

赤城朝川那部看。

百合根提心吊膽地偷瞄著赤城。幸好赤城什麼都沒說，他鬆了一口氣。

川那部接著又說：

「沒有人為致死的嫌疑，死者爬上這矮梯，失去平衡或是不小心跌下來，然後不幸跌斷頸骨死亡，大致是這麼回事。」

「檢視官，」翠開口，百合根愣了一下。

「死者後腦有血腫，但遺體卻是俯臥的，這一點您怎麼看？」

「我已經說過，是跌倒。」川那部不為所動地說，「向後跌倒，撞擊後腦，這撞擊損傷了頸椎，又因勢道過猛向後方滾，就像在墊上做了一個後翻，於是變成俯臥。」

他指著矮梯。

「遺體與矮梯之間的距離說明了一切。如果只是跌下來，遺體應該就在矮梯旁才對，妳不這麼認為嗎？」

翠朝屍體與矮梯的距離瞄了一眼後說：「也許是這樣沒錯。」

百合根聽到這句話，一顆心放下來了，但是他並不十分贊同川那部的話，ST的人恐怕也不是心服口服。

客廳的門口來了一名穿著制服的警察：「拍攝的相關人員來了。」

川那部檢視官點點頭：「讓他進來。」

現場顯然是由川那部主導了。

警察出去，一名男子在門口現身。他穿著黑色高領毛衣和黑色西裝外套，一身的黑突顯了他白皙的臉，五官清秀。百合根心想，他好像戴著能劇面具。

川那部問：「你是？」

門口的男子不回答這個問題，劈頭說道：「聽說細田先生頸椎骨折身亡？」

川那部皺起眉頭：「請先回答我的問題，請問您哪位？」

男子說：「這是靈障，是亡靈作祟。」

「哦！」山吹說道。

這時候，百合根才想到這個人是誰，難怪一直覺得好像在哪裡看過他。

「你是安達春輔先生吧。」百合根說。

安達正皺起眉頭，注視著細田的遺體。

川那部問百合根：「那是誰？」

「靈媒。」

「靈媒？」

「你是這個現場拍攝節目的來賓吧？」

安達春輔的視線總算從屍體身上離開，看著百合根：「你是？」

「敝姓百合根，隸屬於警視廳科學特搜班。」

「科學特搜班？」安達春輔一臉訝異。

「我是現場的負責人。」川那部不由分說。

安達面無表情地看著川那部，開口道：

「這件事警察派不上用場。」

川那部一臉不滿：「什麼意思？」

「我剛才說過了，細田先生是因為遇上靈障而往生。」

「哦！靈障。」

這是青山的聲音，百合根猛然驚醒，往聲音的來處看去。

青山從大房間與客廳之間的門探出頭來。川那部朝他的方向望去，又是一臉訝異，大概是因為青山的美貌與命案現場太不搭軋的關係。

「是什麼樣的靈障？」

「你是？」

「我是青山，科學特搜班的成員。吶，你說的靈障是什麼？」

「這間房子有地縛靈，多半是自殺者的亡靈。」

「地縛靈？」

「是指停留在特定場所的靈魂，所以電視台才會來這裡拍節目。那邊那位師父也是因此而來的吧？」

「辦案？什麼意思？」

被點到名的山吹一臉不好意思地回答：「呃，我是來辦案的。」

「我叫山吹，也是科學特搜班的組員，只是家裡剛好經營曹洞宗的寺廟。」

安達春輔望著山吹啞口無言，似乎是無法判斷山吹所說的究竟是事實還是開玩笑。

「他說的是真的。」

雖然百合根這麼說，但安達春輔還是不能接受的樣子：

「反正我靈視的結果是這裡曾經有人上吊、割喉、或折頸而死，總之死因在脖子上。」

「哦！」青山說，「靈視是要怎麼看？」

「方法很多，這次我用的是紙人。我將紙人丟到空中，落下的紙人脖子破損，這便是亡靈向我溝通的證據。攝影時在場的人，還有這次擔任現場播報的水木優子小姐都清清楚楚親眼看到。」

「哇喔！」青山一臉驚奇，「沒動什麼手腳，用紙做的人形在脖子處竟破損？」

「是的。」安達春輔答道。

在百合根看來，他和青山說話時，變得更加面無表情了。

「問你喔，」青山問山吹，「真的會有這種事嗎？」

「我自己沒有經歷過，所以不清楚，畢竟我是學禪宗的。」

「別鬧了。」川那部檢視官大聲說，「這是意外死亡，就這樣，結案！」

青山對川那部說：

「意外死亡的可能性很大。可是呀，也不能排除其他可能。」

「其他可能？」

「對，像是這個人說的亡靈作祟。」

「胡說八道。」

「還有，他殺。」

「你！」川那部漲紅了臉，「你沒聽到我說的話嗎？沒有人為致死的嫌疑，這是意外。」

「我說的是可能性。」

「警方沒有那種美國時間陪ST閒扯淡。好了，沒我的事，我要走了。」

青山的話被搶走了，百合根強忍住笑意。

川那部走向門口，ST的人都站在出口附近，他當然得從他們身旁走過。

「那，」青山對走過來的川那部說：「這個命案就不會朝他殺的方向來偵辦囉？」

「不會，也不是命案，是意外。」

「是不是命案，應該不是由檢視官決定吧。」赤城說，「檢視官相驗的結果，純粹是供偵辦參考的意見。」

川那部在赤城身旁停下腳步，一副要咬人的表情說：

「我說是意外死亡，就是意外死亡，我是屍體檢驗的專家。」

「我也是。」

川那部哼了一聲，從門口走出去。

「可以搬動死者了嗎？」

客廳外響起問話聲，百合根回頭一看，一名沒見過的男子站在那裡。他的個子很矮，頭髮三七分，有著一雙大大的眼睛，令人聯想到日本傳統的文樂人偶。

菊川介紹：「這位是目黑署的北森係長。」

百合根自我介紹後說：「好的，屍體可以搬了。」

「搬到署裡，可以嗎？」

「好的。」百合根說，「那麼，接下來會怎麼處理？」

北森係長那雙大眼睛瞪也似地看著百合根說：

「檢視官都說是意外死亡了，那就只能以意外來處理了啊。」

赤城說：

「容我以法醫學專家的身分說句話，這當中並非毫無疑慮。」

北森係長看著赤城，皺起眉頭：

「本廳的警視大人都說沒有人為致死的疑慮了，我們這些轄區的人根本無能為力。」

「可以去請教檢察官的意見。」赤城不肯讓步，「也許和代行相驗相比，他們更相信法醫學專業醫師的意見。」

北森係長的表情更苦了。

「原則上我們盡可能不想增加工作。」

「等鑑識報告出來後再下定論也不遲吧。」

在旁邊作業的鑑識人員朝赤城偷看，他們雖然什麼都沒說，但臉上的表情顯然是贊成赤城說的。

「這個人也說是亡靈作祟。」

青山用拇指指著安達春輔說，北森係長一臉不想理你的樣子。

「青山，」百合根開口了，「請不要把事情弄得更複雜。」

「哪有？這是關係人的重要證詞。」

「總之，」北森係長說，「這件事我會帶回署裡討論，再另行通知。」

百合根說：「好。」

他也只能這麼說。

ST沒有搜查權，他們的工作是提供意見給搜查人員參考。

百合根還說：

「我們也要撤退了，在離開之前，可以和案子的關係人談談嗎？」

有一瞬間，北森係長想反對，但隨即改變主意，懶懶地說：

「樓下車上有兩個人，麻煩請長話短說。」

屍體運走之後，他們將AD戶川一郎叫到客廳。戶川一郎臉色很差，可能是太緊張的關係，畢竟他是第一個發現屍體的人。問話交給專家菊川進行，百合根等ST的人就候在菊川身後。

「不好意思，」菊川開口，「連坐的地方都沒有。」

「不會的，我知道，」戶川一郎說，「我們一直在這裡拍攝，房子裡的情況我很了解。」

「可以請你說明發現屍體的經過嗎？」

「我已經說過兩次了。」

「不好意思，麻煩你再說一次。」

戶川一郎開始說。

他們將兩台攝影機開著，所有工作人員都離開了這間公寓，最後留下來的有戶川一郎、安達春輔、攝影師以及導播千葉光義四人，之後這四人前往參加殺青宴，地點是代官山一家名叫「颱風」的餐廳。席間，千葉導播指示戶川要在清晨五點時來收帶子，於是他依照指示前來，並發現了細田康夫的屍體。

這便是大致的經過。

菊川發問：「發現屍體時是什麼情況？」

「我打開客廳的燈，看到有人倒在那裡，我以為他是在睡覺，因為我記得那套衣服，知道那是細田先生。」

菊川接受他的說法，點點頭。

「你們最後四個人是什麼時候離開這間公寓的？」

「我想是十一點左右。」

菊川再確認：

「是晚上十一點沒錯吧？」

「是的。」

即使是理所當然的事情也要再三確認，這是刑警的工作，否則呈上模稜兩可的紀錄，在法庭上可能會成為被攻擊的對象。

「我不太懂。」菊川說，「請問，開著攝影機，所有人都離開現場，這種情況常有嗎？」

「很少。」

「那麼，這次怎麼會？」

「因為我們想拍的東西比較特別。」

「哦，靈異現象嘛。」

「是的。」

戶川一郎顯得有些難為情。

百合根心想，他大概是覺得對警察說靈異現象這種怪力亂神的事感到不好意思。

「一開始是看著顯示器拍，可是攝影機沒拍到什麼，所以安達先生建議讓攝影機開著，所有人都離開可能會較好。」

「安達先生？是安達春輔這樣說的？」菊川加以確認。

提出這樣的疑問，應該是直覺反射動作吧，刑警身上常見的習性。

「是的。所以我們讓夜視攝影機和一般攝影機開著，就去慶祝殺青了。」

「攝影還沒有結束，就去慶祝？」

「細田主任說拍攝結束了，因為藝人水木優子和安達先生演出的部分已經拍完了。」

「可是，鏡頭沒有拍到靈異現象。」

「對，也因此千葉導播說要留下來繼續拍。」

「他是留到最後的四個人之一，對吧？」

「是的，千葉導播和細田主任的做法有點不同。」

「怎麼說？」

「千葉先生認為，電視台的要求是以鏡頭捕捉到靈異現象。千葉先生是志在以紀實報導手法拍攝的導播。」

「去世的細田先生呢？」

「因為他在電視圈待很久了，那個，怎麼說呢，很擅長以剪接的方式將有梗的畫面拼湊起來，也擅長利用藝人作為節目賣點。」

菊川顯得有所疑慮，百合根可以理解。看樣子，這個叫作戶川一郎的AD是親千葉派的，他對細田表現出批判的態度，也許認為細田的做法落伍了。

菊川沒再發問，於是百合根接著問道：

「千葉先生與細田先生對立的情況多嗎？」

戶川一郎看著百合根，顯得有些不知所措，似乎猶豫著不知該如何作答。

「這個。他們的做法完全不同，可是職位來說，細田先生是主管，所以他們不會正面衝突。」

說得還真是委婉啊，百合根心想。

百合根的問題成為一個提示，菊川又繼續問：

「這次呢？細田先生帶著藝人很快就去慶祝殺青，而千葉先生卻留在現場繼續拍攝，兩個人有沒有為此爭吵？」

「沒有。」戶川一郎一度否定之後，思索了一下，又改變說法：「嗯，算是有一點。」

「原來如此。」

菊川看向百合根，無聲地問他還有沒有問題要問。

「錄影機的帶子可以錄多久？」

百合根沒問，倒是翠問了。

「三個小時。」

青山說：

「這樣的話，很難拍到靈異現象吧，鬼不都是半夜出來的嗎？丑時三刻之類的。你們十一點離開這裡，帶子不就兩點就沒了？」

「兩點應該有換過帶子。」

「誰換的？」

「千葉導播。」

「哦，我還以為這種事是攝影師或AD的工作。」

「本來是的，可是昨天千葉先生說要自己來換，我鬆了一口氣，因為……」戶川一郎難以啟齒地微微聳了聳肩，「誰也不想一個人半夜來這間房子吧。」

百合根問：

「殺青宴是幾點結束的？」

「我先走了，所以不清楚。千葉導播說我可以先走，一般我們很難有時間可以好好睡一覺，我很高興就先回去了。」

「你是什麼時候走的？」

「我想是十二點半左右。」

「然後你做了什麼？」

「回自己家睡覺，我把鬧鐘定在四點，一直到鬧鐘響之前，我都睡得很熟。」

菊川問：「有人可以證明嗎？」

戶川一郎厭煩地說：

「這個其他刑警也問過了，這叫不在場證明對吧？沒有人可以證明，我是一個人住下北澤。」

「那，那些帶子現在在哪裡？」青山興匆匆地問。

「嗯？」

「從昨天十一點起，一台攝影機有兩卷，所以總共應該錄了四卷吧，那些帶子在哪裡？」

「兩卷應該是在千葉導播那裡，今天早上來收的我也交給千葉導播了。」

「所以四卷都在千葉先生那裡嗎？」

「應該是。」

「哦。」

「這樣啊，」百合根說，「那些帶子可能錄到細田先生發生的事，畢竟攝影機是一路拍到早上吧？」

戶川一郎一臉愕然地看著百合根，然後微微搖頭。

「兩架攝影機都朝著大房間，細田先生是倒在這個客廳，所以……」

「不過，」翠說，「應該會錄到聲音吧。」

戶川一郎又是一臉愕然，看著翠：「嗯，也對。」

接著是一小段沉默。

「謝謝你的協助。」菊川以官方口吻說，「若日後有什麼疑問，可能還要請你協助，到時候還請多指教。」

接著是千葉光義被請上來。

千葉光義見了ST的人並沒有太在意，他是個深思熟慮的中年人，中分、略長的頭髮夾了幾根白絲，穿著是格子運動夾克加牛仔褲。

「可以請你談談昨晚的事嗎？」菊川問。

對千葉光義來說，這最起碼是第三次被問到這個問題了，但他沒有半句怨言，直接開口說道：

「昨天，細田主任拍了水木優子與安達春輔的鏡頭後就收工了，那大約是十點半左右。接著，我們重新架設攝影機，打開之後，我們這幾個留到最後的人也離開這裡，時間約在十一點左右。留到最後的，是我、安達春輔和攝影師，還有AD戶川。」

菊川點點頭：

「離開這裡之前，你和細田先生有沒有發生過什麼爭執？」

「嗯，我們有幾句爭執。」千葉光義坦率承認，「在工作上，我經常與他發生衝突。」

「可是，細田先生是你的上司吧？」

「我不認為他是上司，就算他是公司的共同經營者，但在製作節目上，我們是平等的。」

「細田先生也是這麼想嗎？」

「他應該認為自己比較大。有一段時期，他陸續做出收視不錯的搞笑綜藝節目，有這樣實績的人，自然會有這種想法。」

「你們爭吵的原因是？」

「他只拍了綜藝節目喜歡的那些沒內容的畫面，就說這個工作結束了，但是我並不滿意。」

「離開這裡之後，你們四個人就直接前往殺青宴會場了吧？」

「是的。」

「然後呢？」

「我們去參加殺青宴。」

「在那裡待到什麼時候？」

「我在差十五分鐘兩點的時候離開餐廳，來到這裡。」

「來換帶子？」

「是的。」

「然後呢？」

「我換完便離開，回家休息了。安達春輔說屋子裡最好不要有人，所以我把攝影機打開後就馬上離開。」

「你叫戶川先生五點來收錄影帶？」

「是的，那是我要的畫面，不希望落入其他人手裡。」

「戶川先生靠得住嗎？」

「他一直都是跟著我做事。」

「那些帶子現在在哪裡？」

「有兩卷在我家，兩卷在這個包包裡。」

「能不能請你交出來？」

「恕我拒絕。」千葉光義回答得斬釘截鐵，「等一下我們就必須開始進行剪接，再交給TBN，已經沒有時間了，要是不準時交，像我們這種小製作公司很可能就再也接不到案子。」

「在偵辦上可能會需要那些帶子。」

千葉光義一臉訝異：「偵辦？細田不是意外死亡嗎？」

「嗯，這個嘛，」菊川含糊地回答，「幾乎確定是這樣沒錯。」

「那麼，就沒有查閱帶子的必要了吧。」

「你有什麼理由不想讓警方看到那些帶子嗎？」

這個問題，可以解讀為警方對千葉光義有所懷疑，然而千葉光義面不改色地說：「是有幾個理由。第一，是剛才說的期限，我們沒有時間可以把帶子交給警方慢慢看；第二，如果輕易就將錄好的帶子交給警方，我們在圈內會遭人白眼，我們有保護報導自由的義務，如果是法院下令提交帶子的話只能遵命，但是……」

意思是沒有搜索令就免談。

的確，紀實影片等節目在公開報導前便將帶子交給警方可能會出問題。事實上，過去就曾經發生過類似糾紛。

菊川一臉苦相。

就如戶川一郎所說的，千葉光義的確是以報導節目為志向，雖然只是個小製作公司的導播，卻以記者自居，百合根對他的堅持很有好感。

「很好。」菊川語帶諷刺地說：「我們也認為事情最好是不會搞到要拿搜索令去敲門。」

千葉光義什麼都沒說，只是面無表情地回視菊川。

菊川繼續發問：「你來這裡的時候，有沒有發現什麼？」

「嗯，」千葉光義頭一次顯露出為難的樣子，「我在屋裡做事的時候，忽然覺得好像有人。」

「有人？」

「是的，好像有人在我背後，有種令人寒毛直豎的感覺，你懂吧？」

「有沒有聽到什麼聲響？」

「沒有，沒聽到有聲音。」

「那你怎麼反應？」

「我看了看四周，也看過其他房間，廁所、洗臉台、連浴室都看過了，什麼人都沒有，我覺得很毛，就趕緊走人了。」

百合根不禁看向菊川，菊川也看著百合根。

「那會不會是靈異現象呢？」青山開心地問。

千葉光義訝異地看了青山之後才回答：

「我無法否認，我是什麼都沒看到，可是看著顯示器拍攝的時候，燈光師突然說看到光，安達春輔也說他看到了。」

「可是，攝影機什麼也沒拍到。」

「安達春輔說如果用高解析度的顯示器來看，也許可以看出來，因此我相信攝影機一定能拍到東西。也因為這樣，我才會聽從安達春輔的建議，在沒有人的房間裡讓攝影機開著一直拍。」

「好想看看那些帶子喔。」

千葉光義的神情顯得更訝異了：「我剛才已經解釋過。」

「不必把他的話放在心上。」菊川說。

青山不理會菊川的話，又問千葉光義：

「安達春輔不是用紙人來靈視嗎？你也在場？」

「我不在，不過我聽說了。」

「紙人的脖子真的破了？」

「工作人員是這麼說的。」

「後來細田先生因頸椎骨折死亡，安達春輔說那不是意外，是靈障。」

「也許真有其事。」千葉光義極其冷靜地說，「為了拍節目，我們調查了很多過去發生的靈障，也看了同型節目的錄影帶，確實有不少例子是怎麼看都只能以靈障來解釋。」

「比如說？」

「像是一般所說的附身。有個節目去拍一名遇到靈障的少女，她嘴裡爆出一些莫名其妙的話、亂打亂鬧，後來是靈媒花了好幾天，才請走她身上的靈。」

「那是狐精附身吧。」山吹說，「自古就流傳許多被動物之靈附身的例子。」

千葉光義看著山吹，一臉很想發問的樣子。

山吹搶在他前面說了：

「我是科學特搜班的山吹，可不是來收妖除靈的。」

千葉光義不置可否地點點頭。

「深夜一點四十五分，你離開了『颱風』這家餐廳。」

菊川強硬介入，彷彿在宣告無聊的談話到此為止。

「那時候，細田先生在幹嘛？」

「他和藝人水木優子、安達春輔還有其他工作人員留在店裡。」

「其他工作人員？」

「攝影師，燈光師，還有AD上原。」

菊川問了這幾個人的全名，記下來。

百合根這才知道除了戶川一郎，現場還有另一個AD，叫上原毅彥，並沒有出現在戶川一郎的話裡。

百合根問千葉光義：「這次的工作，有兩名AD？」

「戶川主要是跟我，上原是跟細田，因為這次有藝人參與拍攝的關係。」

「原來如此。」

「請問還有別的問題嗎？」千葉光義說，「我想馬上開始剪接了。」

「細田先生不在了，想必很辛苦吧。」

百合根一這麼說，千葉光義頭一次露出一絲笑容：

「哪裡，反而好做事。」

「能不能旁觀你剪接？」菊川問。

千葉光義斬釘截鐵地搖頭：

「恕我拒絕，非相關人士禁止進入工作現場。」

「要是再發生靈障，」山吹說，「有和尚在也許比較方便喔。」

千葉光義瞬間對這句話產生了神經質的反應，但是立刻便恢復了原來冷靜的態度。

「就算安達春輔在，細田還是死了。」

菊川向千葉光義說了跟戶川一郎說過的那串話，結束了詢問。千葉點了一個頭，便速速離開了。

4

「安達春輔如果還在，我有事想問他。」青山說。

菊川狠狠瞪了青山一眼，問：「要問什麼？」

「我有興趣的事。」

「你要問的一定不是命案，而是跟靈異現象有關的事吧。」

「不行嗎？」

菊川一臉厭煩，但也沒有對青山的要求置之不理。

「應該還在下面，我叫人去請。」

不過，菊川說是「命案」，警方會說出「命案」這兩個字的情況和一般人不同，這意味著是法理上成立的案件。

換句話說，菊川認為這是個「命案」，因此可將他視為站在ST這邊，而非川那部檢視官那兒嗎？雖然只有一點點，但百合根內心暗自期待。

安達春輔本來在下面與轄區的刑警談話，再次出現，與剛才幾乎毫無二致，一樣是平平板板，面無表情，只是臉色略顯蒼白。

「有幾個問題想請教。」菊川說。

「說要問問題的是我啊。」

青山抱怨，但菊川不理，開始發問：

「請詳細告訴我們你昨天來到這裡之後的情形。」

安達春輔淡淡地描述。

他依照細田康夫的指示拍完與藝人水木優子互動的鏡頭後，和千葉光義、戶川一郎、攝影師留在這裡，討論如何才能拍到靈異現象，然後四人一起離開這間房子，前往「颱風」。

他的說法，與戶川一郎、千葉光義沒有矛盾之處。

聽完，菊川說：

「把攝影機開著，所有人都離開這間公寓，是你提議的？」

「是的。」

「為什麼？」

「理由有兩個。第一，有人在，靈會遲遲不肯出現，第二是怕會出事。」

「出事？」

「在燈光師身上就出現徵兆了，他說看到光，這種人容易被靈附身，最後……」安達春輔的表情略略有些變了，「結果還是無法防止靈障發生，細田先生走了。」

菊川點點頭，看樣子好像沒有話要問安達春輔了，青山見機說：

「就算把攝影機開著，還是有人要半夜來換帶子才行，你沒想到這個人會遇上靈障嗎？」

「所以，」安達春輔平靜地說：「我在攝影機所在的小房間設下了結界，只要在小房間裡進行作業，應該就不會有事。」

「結界啊。」青山佩服地說，「要怎麼弄？」

「神道是拉繩子，密教則是貼護符。不過只設結界是不夠的，更重要的是要由有道行的人施加念力，我的方法不需要道具，而是留下我本身的意念。」

「這麼做，靈就進不來？」

「是的。」

「原來如此，」青山轉身向後，看著細田的屍體倒臥的地方，「所以細田先生才會死在客廳裡。」

菊川一副受不了的樣子將頭撇到一邊。百合根對青山說：

「這些事和細田先生的死沒關係吧？」

「怎麼會，我認為是很重要的證詞。所謂的證詞，不就是當事人說的，他所認定的事實？而安達先生相信細田先生的死因是靈障。」

安達春輔點點頭。

「只有這個可能了，而且，」安達說到這裡停頓了一下，「說不定參與這次拍攝的工作人員，還會再發生異狀。」

青山問：「因為靈的影響？」

「是的，支配這裡的地縛靈似乎懷有很強的怨念，我想這個靈如果不是遭到殺害，就是自殺，這樣的靈不僅是在當下會造成不良影響，也會波及到事後。」

「不如你來作法幫忙淨化吧？」

「我是有此打算。」安達春輔回答，「但是除靈需要時間。」

「大概多久？」

「不一定，要看情況。」安達春輔忽然皺起眉頭，「抱歉，惡靈的影響似乎還是很強。」

「你感覺到什麼了嗎？」

「我只要遇到懷有惡意的靈就會偏頭痛，所以每次進到這間房就一定會頭痛。」

百合根打了一個寒噤。他並不相信靈異現象，但是也無法全面否定，這大概是一般人會有的反應。

世界上見過鬼的人，恐怕是極少的少數，大家心中都懷著一輩子不要遇上的念頭。

「的確，」翠皺起眉頭說，「一進這間房子，就有一種奇怪的感覺。」

百合根很吃驚，問翠：「妳在這方面的感應也很強嗎？」

「我從來沒想過，可是這間公寓的確讓我有種感覺。」

「太可笑了，」菊川說，「拜託，我們的工作要面對死亡是家常便飯，而這些死者絕大多數都是被人殺害，照安達先生的說法，我們都是在懷有惡意的靈旁邊工作，但是我卻連一次靈異現象都沒遇過。」

「所謂的靈異體質，常被比喻為收音機。」安達春輔說，「就算電波再強，收音機的收訊不好就接收不到，就算是靈敏的收音機，如果頻率不合，一樣也接收不到電波。」

菊川哼了一聲，說：「那我就是收訊不佳的收音機囉。」

青山問：「你看得到嗎？」

安達春輔點頭：

「有時候在嚴重的偏頭痛下，會看見清晰的影像。」

「現在呢？」

「在這間屋裡，還沒有看見清楚的靈，但我想如果我再認真去看的話，也許看得見。」

「會上電視的靈媒，都說看得見靈。」

「我認為每個人的感受方式不同，但是能夠清楚地看見靈這種事，我個人是不太相信。」

「你是說，你覺得這是騙人的？」

「也許說話者本人是這樣深信不疑。」

赤城突然開口說：「你常吃頭痛藥嗎？」

安達春輔嚇了一跳，朝赤城看：

「沒有，我不吃頭痛藥，因為我很清楚我頭痛的原因所在。」

「有需要的話，我可以開處方給你。」

「處方？」

「我好歹也是個醫生。」

安達春輔訝異地看赤城：「沒必要，我的頭痛是靈接近的信號。」

赤城沒有再說什麼。

「不好意思把你留下來。」菊川說，「謝謝你的協助。」

那斷然的語氣，意思是不許再問了。之後安達春輔便離開了。

一行人回到科搜研的科學特搜班辦公室（簡稱ST室），百合根馬上就被櫻庭所長叫去。三枝俊郎管理官就站在所長的座位旁邊。

櫻庭一如往常，紅光滿面，一看就知道此人精力十足。三枝管理官則非常文靜，精實削瘦的身形，穿起西裝非常好看。

「聽說你在目黑和川那部遇個正著？」

櫻庭所長一雙大眼睛瞪也似地看著百合根說，光是他的眼神，就足以令人坐立難安。

「是的，遇到他了。」

「然後呢？」

「在電視節目的拍攝現場，一名影像製作公司的工作人員身亡。」

「大致情形我知道了，說要點，決定怎麼處理？」

「嗯，川那部檢視官判斷是意外身亡。」

「意外嗎？轄區也同意？」

「我想他們應該會這樣處理。」

「你認為呢？」

百合根不知道該如何回答才是，他認為意外的可能性很大，然而也有一部分令人無法釋懷。

「實不相瞞，我尚無法判斷，只是……」

櫻庭所長又瞪大了眼看著百合根問：「只是什麼？」

「ST當中有人持疑，而菊川先生似乎也不認為是意外。」

「有什麼疑點嗎？」

「屍體看來是從矮梯上跌落，朝後方跌落導致後腦勺有腫塊，但是屍體是俯臥的，赤城和結城對這一點有疑問，而且……」

百合根不知該不該說。

「而且什麼？」

「是……」

基本上，無論是多荒唐可笑的事都要向上司報告，至於有沒有意義，則交由上司判斷，百合根決定遵守這項原則。

「拍攝的是靈異現象特別節目，青山似乎非常感興趣。擔任節目特別來賓的靈媒說這次的事情不是意外，而是靈障造成的。」

「靈障？」櫻庭所長眨了眨眼，「那是什麼？」

「也就是鬧鬼。」

「鬧鬼!?」

百合根做好挨罵的準備，櫻庭所長那張紅光滿面的臉更加脹紅，百合根以為是因為生氣，然而下一秒鐘，櫻庭所長開始大笑，百合根愣愣地看著他。

櫻庭所長笑了好一會兒，說：

「這不是很有意思嗎，鬧鬼？所以才會鬧出人命？」

百合根怯怯地說：「靈媒是這麼說的。」

櫻庭所長整個上身前傾而出，威勢倍增。

「青山說了什麼？」

「沒說什麼，只是表現出很感興趣的樣子。」

「菊川那傢伙，不認為是意外是吧？」

「沒有清楚地問他，但是……」

「好，」櫻庭所長略加思索，「換句話說，你們掌握到與川那部不同的切入點是吧？」

「不同的切入點……」百合根慌了，「可是檢視官說是意外死亡。」

「轄區是目黑署吧？」

「是的。」

「好，ST要助目黑署一臂之力。」

「目黑署看樣子是不想當作命案處理。」

「赤城和結城都說了有疑點不是嗎？」

「是的，尤其是赤城……」

赤城顯然和川那部合不來，川那部似乎也特別敵視赤城。

「至少，在清楚確定是意外之前，叫他們繼續調查啊。」

「請問，該怎麼做才能……」

「別擔心，辦法多得是，我想想，先從方面本部的管理官那裡運作好了。」

對於一般轄區警署而言，方面本部的管理官根本是高高在上不可違逆的長官，若是遇上管理官來視察，全警署的人都得出動以最敬禮迎接。

要是能請到管理官來下令，想必效果絕佳。

「要是搜查的結果，確定是意外死亡呢？」

「遇到再說，你先在ST室待命吧。」

「是。」

百合根行了一禮，退出辦公室。

來到走廊時，三枝管理官追上來。

「說實話，你覺得呢？」三枝語氣沉穩地說，「你怎麼看川那部的意見？」

「嗯，」面對三枝，百合根就能冷靜下來思考。百合根說：「我覺得他結論下得太快了。」

「你認為川那部為什麼會急著下結論？」

百合根如實說出心裡的想法：「我猜是因為赤城在的關係。」

「因為赤城？」

「川那部檢視官對赤城似乎有點同行相忌，那乍看之下的確很像意外，但如果不是赤城對川那部檢視官的看法提出疑問，也許川那部檢視官會更謹慎些。」

「赤城怎麼說？」

「他說，判定意外死亡與否不是檢視官的職責，檢視官沒有立場可以對搜查下結論。」

「話是沒錯，但在非自然死亡的案子裡，檢視官的意見幾乎都會被採納。」

「這一點赤城不會不知道，我想赤城多半也不認為是意外吧。」

「有什麼依據嗎？」

「屍體旁有一架立著的矮梯，川那部檢視官說細田先生是從那架矮梯上跌落，折斷了頸椎。屍體的後腦的確有腫塊，也許是向後跌落時折斷的。」

「既然如此，意外死亡就沒有什麼好質疑的吧？」

「但是，屍體卻是俯臥。」

三枝陷入思索。

「的確很不自然，川那部針對這一點沒說什麼嗎？」

「他說，細田先生應該是從矮梯上滾落。的確，如果是直接跌落，矮梯與屍體的距離是稍微大了一點。」

「那是有可能的，也許這回川那部勝算比較大，但是櫻庭所長話一旦說出口，就不會聽別人的勸了，恐怕一定會拱目黑署要他們進行搜查吧，只好請ST到目黑署去了。」

「是。」

「只要對上川那部，櫻庭所長就會有點意氣用事。」

百合根感到意外：

「啊，我還以為川那部檢視官是您的死對頭。」

三枝露出苦笑：

「的確，我和川那部從年輕時開始就事事較勁，但他與櫻庭所長也結了梁子，因為ST成立之際，有幾個人堅持反對，川那部就是其中一人。」

「原來是這樣啊？」

難怪川那部檢視官在現場對ST沒有好臉色了。

「因為這一層關係，川那部敵視我們兩個，也害你們受到無妄之災了。」

「哪裡，千萬別這麼說。」

百合根反射性地如此回答，但心情卻十分消沉。對方可是資深的搜查員，階級還是警視，檢視官的發言是很有力的。

「應該馬上就會收到通知，你們先在ST室待命吧。」

說完，三枝便回座了。

ST的組員們一如往常地坐在各自的座位上。

一般警察大多是分組將桌子面對面併在一起，連成一張大桌，彼此交換情報時才方便。

然而在ST裡，除了百合根，其他人的桌子都是面向牆壁。百合根的辦公桌位在辦公室最深處的窗邊，面向出入口。

出入口兩旁是大大的鐵櫃，裡面擺放著一排排的書籍和資料。

一進門右手邊最前面是青山的位子，他旁邊是一張空桌，再過去是赤城的位子。

進門左手邊坐最前面的是黑崎，旁邊是翠的位子，最裡面是山吹。

青山的辦公桌亂得可怕，各式各樣的文件書籍堆積如山，沒有任何兩樣東西擺成同一個角度，這些雜亂的文件甚至溢到鄰桌，沒人願意坐他旁邊，所以空了一張桌子。

然而，不可思議的是，看上去凌亂的書桌卻是一塵不染，並不會讓人覺得骯髒。

因為青山有秩序恐懼症，整理得有條不紊的地方，會讓他感到焦慮。依照他本人的說法，這是過度潔癖的反動。青山似乎有嚴重的潔癖。

赤城整個人靠在椅背上蹺著腳，看上去像是在看雜誌，但卻沒有認真在讀的樣子。他時常認為自己是孤獨的，也深信獨當一面的男子非如此不可。他本來就有社交恐懼症，或許是因此才選擇這樣的生活方式。

不過，看來赤城已經克服了他的毛病。儘管早已決定要獨來獨往，但他身邊總是圍著一群人，具有不可思議的魅力，只是本人沒有發覺。

可是，據說他的社交恐懼症仍殘留著後遺症，就是嚴重的女性恐懼。

黑崎則是極度沉默，再加上行動時幾乎悄無聲息，經常令人忘記他就在那裡。他現在正盯著筆電，百合根完全無法想像他在做些什麼。

話雖如此，黑崎並不是一個沒有存在感的人，他的氣質完全就是武士道的體現。據說他已得到淺山一傳流等好幾種古武道的真傳，只不過百合根不知道淺山一傳流是什麼就是了。

若是他翩然消失，一定是踏上武者修行之旅。

翠戴著耳機，不知在聽MD還是什麼，這是她的防護措施，她的聽力異常發達，不這樣戴著耳機聽點東西，身邊有的沒有的聲響全都會灌進她耳裡。就連有人打電話給百合根，她也聽得出來電者的聲音，這實在不是什麼好事。她這樣戴著耳機，不僅是為了她自己，也是為了維護這屋子裡其他同事的隱私。

當初百合根走馬上任成為ST的主管時，一點都不知道該如何與他們這幾個特別的人相處，最後拯救他的是山吹。

山吹同時兼有僧侶的身分，為人和藹親切，態度柔軟，百合根認為他是ST當中唯一一個擁有一般常識的人。

百合根一回到自己的位子，便想將剛才與櫻庭所長的談話告訴他們。

但是ST的組員顯然一點都不關心百合根，這讓百合根想放棄，不要說算了。

化解這尷尬氣氛的，仍舊是山吹。

「目黑那件事，所長有什麼交代嗎？」

百合根對山吹說：

「所長說要對目黑署運作，叫他們展開調查。」

「哦，這麼說來，所長也判斷這次的事件不是意外囉？」

「不，也不能完全這麼說。」

「那是有什麼其他的理由嗎？」

「好像是因為川那部檢視官。」

「川那部檢視官？」

「你也知道，他和三枝管理官是死對頭吧？」

「哦，這我好像聽說過，這就是理由嗎？換句話說，是因為三枝管理官跟對方比拚的關係？」

「不，不是三枝管理官想和川那部檢視官的意外死亡論對抗，而是櫻庭所長，總之他們之間好像有很多恩恩怨怨。」

百合根認為川那部曾經強硬反對ST成立一事，並不適合在這時候提起，要是讓不服川那部的赤城知道，那就麻煩了。

所幸，山吹沒有再繼續追問。

「我也可以幫忙解剖。」赤城低聲說。

百合根嚇了一跳，往赤城看去，赤城仍低頭盯著雜誌。百合根說：

「應該交給轄區，這樣才對。」

「也就是說，」青山不知在高興什麼，「那件事要開始調查了？」

百合根看到他這個樣子感到有些不安，實在不明白青山為什麼要高興，他並不是那種熱愛工作的人。

「調查很快就會開始了吧，櫻庭所長說要從方面本部的管理官那裡去運作。」

「那，也會查鬧鬼那條線吧？」

百合根吃了一驚：

「這就不知道了，若不是意外死亡，應該會朝他殺的方向去走。」

「鬧鬼也是他殺之一吧，只是兇手不是活人，是鬼魂。」

「呃，你不是認真的吧？」

「調查本來就應該要考慮到所有的可能性才對。」

「話是沒錯，可是轄區的員警不會這麼想吧。」

「就是因為他們不會這麼想，所以我們更應該要想啊。」

百合根更加不安了。

「鬧鬼是真有其事。」

山吹家常便飯般面不改色地說著。身為僧人，也許那真的是家常便飯。

「真的嗎？」百合根不禁問。

「至少，確實是有這種現象存在。」

「從和尚嘴裡說出來，好有說服力啊。」

百合根想起翠說過的話，她說在命案現場好像感覺到什麼。

「結城說有奇怪的感覺，也是因為亡靈的關係嗎？」

「由於在哪裡感覺到了什麼，」山吹回答，「於是比照過往的經驗想加以解釋，但因為是前所未有的經驗，只好以曾吸收的知識來比照，才會最終認定是鬼魂的作為。」

山吹的回答略偏向否定，百合根鬆了一口氣。

這時候，翠戴著耳機面向百合根。

「那的確是不太熟悉的感覺，不過也不是完全沒有經歷過，過去的確曾經有過，只是我想不起那是什麼。」

翠即使戴著耳機在聽別的東西，照樣聽得見他們的談話。

「我想再見一次安達春輔，可以再去跟他問話嗎？」

「這要等和轄區開會討論以後才行。」

「那就趕快開會討論啊！」

這時候，電話響了。百合根一接起電話，便聽到菊川老大不高興的聲音說：

「目黑署來電，說那個案子要開始查了。」

「好。」

「你那邊有什麼消息嗎？」

「嗯？」

「檢視官說是意外，轄區大多都會同意，沒有哪個傻瓜不惜忤逆本廳的警視大人還為自己弄來更多工作，為什麼目黑署會想要開始展開調查？」

「好像是櫻庭所長去運作的。」

「哦，是要跟檢視官對槓？」

「也許吧。」

「上司要賭氣，下面的人就有苦頭吃了。」

「在人家底下做事，沒辦法。」

「不過這次，我也覺得檢視官太急著下結論了。」

難得菊川話這麼多，看樣子他的心情沒有聲音聽起來那麼差。他對意外死亡的說法似乎也有疑問，對於目黑署展開搜查並無不滿。

「會成立專案小組嗎？」

「不會，這是目黑署重案組的案子，我們只是從旁幫忙。」

「菊川你也會參與搜查嗎？」

「當然啊，我可是奉令擔任ST與搜查一課的聯絡人哩。」

他本人一定不當自己是聯絡人，大概是自認為被迫要當包含百合根在內，所有ST組員的保母吧。

「請問要什麼時候去目黑署？」

「我這就要出發。」

「我們也過去。」

「那就在那裡會合，你還記得在現場見過的北森係長嗎？」

「記得。」

「去找他。」

說完電話就掛了。

赤城問百合根：「要去目黑署嗎？」

「是的，我想立刻出發。」

「我隨時都可以出發，不然我一個人去也行。」

「那可不行，所有人一起去。」

「可以去見安達春輔囉？」青山對百合根說。

百合根心中更加感到不安，回答：「如果有那個必要的話。」

「就是因為有必要我才說的啊。」

看樣子沒有人阻止得了青山，但願他不會打亂搜查才好，百合根只擔心這一點。

5

「那麼，負責搜查的就只有你們兩位嗎？」

菊川在他們被帶進去的室內，當著目黑署刑事課第一係的北森係長這麼問道。

百合根心想，這個充滿汗臭味的房間簡直就像運動類社團的休息室，每次來到轄區署裡他都有這種感覺。細長的房間裡擺著同樣細長的辦公桌，周圍一圈鐵椅，牆上掛著柔道服，汗臭味便是從那兒來的。角落裡還隨手扔著毯子、衣物以及塑膠餐具等等。

長長的桌子一側坐著ST和菊川，對面則是北森係長和年輕的搜查員。

「對，轄區警署是很忙的，撥不出人手。」

菊川不悅地說：

「加上我和警部大人，一共才四名搜查員啊。」

北森驚訝地看看菊川又看看百合根。

「警部大人？」

「這位百合根班長是通過高考的警部。」

「哎呀呀……」

北森的表情有點複雜。高考組在現場不受歡迎，這樣的經驗百合根是多得不想再多了。

「搜查員雖說是四名，」北森說，「但不是還有ST的各位嗎？」

菊川說：「他們不是警察，純粹是技術人員。」

「可是他們不就是為了在現場辦案才編制的小組？正式名稱叫科學特搜班是吧？那當作搜查員應該也可以吧？」

「你說這種話，以後就有得後悔了。」

「為什麼？」

「你很快就會知道，倒是幫我們介紹一下你們那個年輕人。」

「也對，佐分利耕助，才剛當上刑警，是我們當中最嫩的。」

佐分利看起來年紀大概和百合根差不多，然而百合根是警部，佐分利大概只是巡查。瞧他臉頰泛紅，大概是因為幹勁十足吧，可以感覺他散發出一種因為搜查經驗少，無論什麼事都只能全力以赴的氣魄。

不放鬆一點是撐不下去的，太有拚勁反而會出錯。

百合根發現自己竟然會這麼想，吃了一驚。

不久之前，百合根自己才和佐分利一樣，被菊川虧、說教、拖著到處跑，一路走到今天，現在看著新任刑警，不免有些小小感慨。

「我想就跟專案小組那樣，兩兩分組。」菊川說，「我和那個新人小哥一組，你就和我們警部大人一組吧。」

「ST呢？」

「他們不會問話，只能請他們自己去做科學搜查。」

聽菊川一這麼說，赤城這才頭一次發言：

「說得好，那麼我就自己行動了。」

「請等一下，」百合根說，「這樣一來出動ST就沒有意義了，他們也應該隨同搜查員去問話才對。」

「真礙事！」菊川說，「刑警問話是很辛苦的，聽你們在那裡喊好累好想睡，誰受得了。」

「我要調查我認為必要的事，」赤城說，「我不需要刑警幫忙。」

百合根急了，怎麼能頭一天碰面就和搜查員對立，正當他想著該怎麼維繫刑警和ST的關係時，山吹開口了：

「刑警有刑警的工作，我們也有我們的工作。首先，刑警必須分區去打聽、調查相關人員之間的關係吧？我們也必須進一步調查現場，仔細研究目前鑑識、監察醫所提供的報告。」

菊川和北森都默默聽山吹說話，他說話的方式有引人入勝的魅力，雖然從頭到尾都是穩重而平淡，但是當對方火氣正大時，具有提神醒腦的效果。

真不愧是有道行的禪僧，百合根心想，同時也認清自己實在沒有這種功力，不禁大為沮喪。

山吹繼續說著：

「但我們也不能擅自行動，也是有要找人問話的時候，這時若是請刑警同行應該有效率得多，而刑警在科學搜查上若需要什麼專業知識，想必我們也能夠幫得上忙。」

「總之，」北森係長試探地問，「具體上要怎麼做？」

「菊川說的對，我們緊跟在後恐怕會礙事，就視情況需要再同行，應該是最妥當的。」

「也對，」菊川說，「放你們自己去吃草，也很叫人擔心。」

「好吧。」

北森還是無法釋然，但決定繼續往下說：

「那麼菊川先生和佐分利到現場附近打聽，警部大人和我就去找關係人問話，這樣可以吧？」

菊川點點頭。

青山問：「吶，你們也會去找安達春輔吧？」

「安達春輔？」北森訝異地問，「那個靈媒嗎？」

「對。」

「當然，每個關係人都得要問過才行。」

「到時候要帶我一起去喔。」

百合根差點嘆氣，他覺得青山根本沒有把搜查當一回事。

「搜查不是去玩。」

「怎麼這樣講，我也沒有當成是在玩啊。」

「我也是，」赤城低聲說，「我也有點在意那個安達春輔。」

百合根說：「你也認為細田先生是被鬼害死的？」

「我在意的是他的頭痛，既然會頭痛，一定有生理上的原因。」

「我想多調查一下那間房子，」翠說，「那棟公寓的確有點怪怪的。」

山吹說：「那麼，我和黑崎也到現場去吧，翠調查物理相關的事，我們就從化學和藥學方面著手。」

「六點集合。」北森說，「好，出發吧。」

百合根與北森係長一同前往八爪魚製作，必須先了解死者在職場上的人際關係。就目前所知，死者細田康夫與導播千葉光義關係不佳，若是細田康夫之死有任何人為故意，那麼他們的不和可能會是動機。

青山與赤城似乎都對八爪魚製作不怎麼感興趣，說要留在署裡，調查目前所有的鑑識報告與驗屍報告。

八爪魚製作位於赤坂六丁目一棟老舊大樓裡，那棟大樓坐落在乃木坂通轉進去的後巷，鬧中取靜。百合根認為這一帶有點不可思議，位於都心一等一的地段，不知為何卻有暮氣沉沉之感，距離赤坂鬧區有段距離，往來行人也很少。

現在這個時節氣候非常宜人，正適合外出。生活在東京，會漸漸忘了去感受季節，哪裡開了什麼花與生活無關。特別是百合根，懷疑是不是因為自己還年輕才會這麼覺得。

比起季節，有太多事要思考了。然而，冷暖之差是唯一一件會令百合根想起季節的事，總覺得前幾天還颳著北風，才剛過四月中，天氣就已變得如此舒適。

八爪魚製作位於大樓四樓，一推開門就是辦公室，四張辦公桌併在一起，窗邊有兩張大辦公桌。

靠牆整排都是和ST室一樣的鐵櫃，裡面塞滿了影帶、資料等等。

一位應該是負責行政總務的圓臉女子站起來招呼。

北森似乎在等走在他後面半步的百合根採取行動。百合根悄聲說：「這是目黑署的案子，由北森先生作主。」

北森那雙令人聯想到文樂人偶的大眼睛睜得更大，瞪著百合根。

北森說明了來意，坐在窗邊其中一張辦公桌的男子便站起來，他的領帶規規矩矩地掛在身上，但沒穿西裝外套。

「這邊請。」他朝屏風指。屏風後面，有一套小小的客桌椅。

「我是公司負責人，八卷。」

這位頭髮稀疏的男子遞出名片，上面的頭銜寫著八爪魚製作人，名字是八卷克也。

北森與百合根也取出名片，八卷稀奇地看著。

「哦，原來不是只出示手冊啊。」

「是的。」北森回答，「警察也有名片。」

八卷請北森和百合根坐，自己也坐下來。

「唉，真傷腦筋，」八卷輕輕將名片放在小茶几上，接著說：「沒想到細田一不在，會這麼吃力。」

北森發問：「細田先生具體上都做些什麼工作？」

「什麼都做，跑電視台爭取案子，和經紀公司打好關係以便敲藝人通告，也要到拍攝現場監督。他和我雖然都是公司的共同經營者，但經營管理幾乎都是我在做。他以前是有名的製作人，做過很多熱門節目。」

「最近，細田先生有沒有什麼不同於平常的地方？」

「不同於平常是指？」

「什麼都可以，你有沒有直覺想到的事情呢？」

「沒有，他和平常一樣，雖然和泡沫時期相比多少收斂了點，但還是一樣跟電視台、經紀公司的人到處喝酒、打高爾夫球也玩女人。」

「生活很精采嗎？」

「在這個圈子，排場派頭是很重要的，誰也不想和落魄的人共事。」

「有沒有和人結怨？」

八卷摸摸毛髮稀疏的頭，才說：「等等，警察先生，細田是意外死的吧？」

「是的，意外的可能性很大。」

「那麼，和誰結怨都無關吧。」

「還是得問清楚，」北森露出苦笑，「排除其他可能性也是我們的工作。」

「也許有吧，在這個圈子裡，什麼時候惹了誰都不知道。」

「有沒有特別值得注意的人？」

八卷噘起嘴，瞇起眼睛，注視北森，那表情怎麼看都不像是帶有善意，不過本來就沒有人喜歡被警方問東問西。

「沒有，」八卷回答，「我沒有聽說過他特別和哪個人有嫌隙。」

「是嗎，那麼細田先生在公司裡的評價如何？」

北森這麼一問，八卷就笑了：

「我們專屬的員工才六個人，其他像是音響、燈光、攝影師這些工作人員都是外包，我們是小公司，彼此之間哪有什麼評價可言。」

「有沒有人和細田先生作對？」

「要是有人作對，公司就開不下去了。」

「從千葉先生和戶川先生的話聽起來，千葉先生和細田先生好像經常發生衝突不是嗎？」

果然，北森也從兩人身上問出這個情形了。

八卷的表情略略沉下來：「你是要說，千葉殺了細田？」

北森搖搖頭：

「不是，我們是想了解大致的人際關係，只是這樣而已。」

「的確，千葉和細田常因為工作吵架。」

「兩人的關係不好嗎？」

「應該是說，千葉對工作很認真，細田當然承認千葉的實力，而千葉對細田的業務能力也是刮目相看。我認為他們的討論，對於製作品質好的節目不是壞事。」

「細田先生是否因為工作和外部的人發生過什麼糾紛？」

八卷頓時抬頭看天。

「我們這麼小的製作公司，隨時都有金錢上的困難，什麼時候倒閉都不奇怪，我們還能夠撐得住，可以說是多虧細田的人面夠廣，細田一不在，我們就很難做了。」

千葉不可能不知道公司的狀況如此，細田不在，千葉一樣也不好過才對，百合根這麼想。然而他也明白，犯罪都是發生在道理之外，一個人殺死另一個人通常無關道理，衝動殺人比計畫性殺人多得多。

「我們也想向貴公司的其他人請教一下。」

一聽北森這麼說，八卷就皺起眉頭：

「拜託放過我們好嗎？現在大家正忙著剪接，TBN的期限快到了，無論如何我們都不能遲交，千葉和戶川幾乎是不眠不休地在趕工，但就連這樣趕，都不知道有沒有辦法來得及，很抱歉，實在沒辦法撥出時間來。」

「你們還有另一位AD吧？」

北森不肯讓步。

「上原嗎？上原也在幫忙剪接作業。」

「最後和細田先生共同行動的就是這位上原先生吧，能不能請他來談談，就算五分鐘也好？」

八卷嘆了一口氣，一副施恩於人的態度說：

「我去看看狀況，請等一下。」

八卷站起來，走出房間。隔壁看來就是剪接室。

北森一言不發，望著半空。百合根心想，該不該跟他說話？但又想不出要說什麼，最後只好保持沉默。

不久，八卷帶著上原回來了。

「只有五分鐘喔。」八卷說。

北森點點頭，對八卷說：「不好意思，可以請你迴避一下嗎？」

單獨問話，是警方重要的技巧。八卷回到自己的辦公桌去。

上原在剛才八卷坐的那張沙發坐下。

「你們要問什麼？」上原天不怕地不怕地說。

百合根心想，同樣是AD，他和戶川還真是不同類型，這就是所謂的世故嗎？他的態度顯得有些事不關己，外表也和戶川大不相同，戶川樸素不起眼，而上原則是將頭髮染成咖啡色，穿著也很浮誇。

北森問：「可以請你依照時間順序告訴我們那天晚上的情況嗎？」

上原開始說話，他所說的他本身和細田的行動，和其他人的證詞一致，沒有可疑之處。

上原說完，北森便問：「殺青宴開到幾點？」

「三點多吧。」

「細田先生一直待到最後沒錯吧？」

「沒錯。」

「其他留到最後的有誰？」

「水木優子和她的經紀人，還有安達春輔。」

「其他工作人員呢？」

「攝影師和燈光師先回去了，大概是兩點半的時候吧，千葉先生一走，他們好像也待不住了。」

「為什麼？」

「因為他們違反細田先生的方針，在沒人的房間裡裝了攝影機。」

「三點散會後，你接著做了什麼呢？」

「我把車開回公司的車庫，就在這邊過夜。」

「你和細田先生是在餐廳就散了嗎？」

「是的。」

「之後細田先生就是一個人了嗎？」

上原露出別有意味的笑容：

「我想他是一個人吧，畢竟他和水木優子已經分了嘛。」

百合根不禁直盯著上原，北森則是面不改色，百合根知道這就叫作撲克臉。

上原似乎察覺到氣氛不對，說：

「咦，你們不知道細田先生和水木優子的事嗎？我該不會說了不該說的話吧。」

「不會，這是很重要的情報。」北森說，「照你這麼說，細田先生和水木優子小姐曾經交往過？」

上原壓低聲音：「這件事要是被別人知道是我說的就慘了。」

「不會有人知道是你說的。」

「刑警先生，真的會很慘，不止是我，就連我們公司……」

但他的樣子和他的話背道而馳，顯然巴不得說出來。

「怎麼回事？」

北森也壓低聲音，好營造出彼此共享祕密的氣氛。

上原說：「真的不能說是我說的喔。」

「我保證。」

「細田先生和水木優子的確曾經交往過，可是水木優子又和其他人在一起，所以和細田先生應該是分了。」

「我記得細田先生已經離婚，現在是單身沒錯吧？」

「對，可是水木優子選擇當小三，對象又是在我們這個圈子很有勢力的人。」

「她的對象是？」

上原停頓了一下，似乎很猶豫，或許是在吊人胃口也不一定。

「哎，算了，反正消息稍微靈通一點的都知道，就是TBN的板垣製作人啦。」

百合根很想抄下來，但又怕讓上原因此有所提防，只好硬背。

「板垣？」

「對，板垣史郎製作人，這次的靈異特別節目就是他發包給八爪魚製作，不過是細田先生去爭取來的案子就是了。」

「這麼說，這位板垣先生和細田先生彼此認識囉？」

「我想他們應該很熟，不過是工作上的朋友就是了。」

「板垣先生知道細田先生和水木優子交往，還把節目發給他？」

「我想他是不知道的，因為細田先生對這種事都處理得很好，而且好像是板垣先生提出說要用水木優子。」

「原來如此。」

百合根腦中種種思緒交錯，男女關係的糾葛，很可能是犯罪的重大動機。

「我好像太多嘴了。」

北森不帶一絲笑容地回答：「如果大家都像你這麼幫忙就好了。」

6

「推定死亡時刻為深夜到清晨之間，」赤城說，「說得更精確一點，是半夜三點到五點這段時間。」

所有人如原先預定，六點來到目黑署，在那個充滿汗臭味的小房間集合。集合的目的是報告今天一天的成果，並訂立明天的計畫。其實就是一般的搜查會議，但與平常不同的是，這次ST的人比刑警還多。

「死因是頸椎骨折，」赤城繼續報告，「其他的外傷有後腦的血腫，顯示死者頭部曾經遭受強力撞擊。」

「是從矮梯上跌落造成的吧？」佐分利說。

赤城向佐分利拋去一道冷淡的視線。

「這一點還未經證實。」

「但是檢視官是持這樣的見解吧。」

菊川看著北森，北森皺起眉頭對佐分利說：

「檢視官的判斷不見得百分之百正確，所以才會展開這樣的搜查不是嗎！」

真的很照顧我們的心情啊，百合根心想。看來，佐分利可能是那種「西瓜偎大邊」的人，以檢視官的權威為依歸。

和他一起去問話的菊川似乎已經注意到這一點。

「這項事實與關係人的說詞沒有矛盾。」

菊川這麼說，然後望著天花板。

「屍體俯臥這件事實在令人想不通。」赤城說，「這一點，翠也指出來了。」

翠點點頭。

「如果是向後跌倒撞到頭，屍體理應是仰臥的。」

「而且，」赤城接著說，「手肘、肩膀和腰部也沒有撞傷的痕跡。」

菊川皺起眉頭：「這是什麼意思？」

「人會下意識地採取保護頭部的行動，因此如果是朝正面倒下，手會去撐地，如果是往後倒，不是手肘撐地，就是扭轉身體撞到肩膀或腰部，沒有這些形跡很不自然。」

「那是因為細田當時喝得爛醉。」

門口有人說話。

北森和佐分利立刻站起來，接著菊川也站起來了。

川那部檢視官就站在門口，百合根也站了起來。

只有ST的人仍坐著。川那部緩步走進來，面向房裡的人，站著說：

「屍體驗出相當高的酒精濃度，依常識來看，爛醉的人反射神經極度遲鈍，這也就能解釋為何找不到反射行為的形跡。」

川那部在空著的椅子上慢慢坐下，北森等刑警仍舊站著。在場除了川那部，位階最高的就是百合根，所以百合根自認為必須當代表，將大家的疑問提出來。

「檢視官，您怎麼會到這裡來？」

「聽說我經手的案子啟動搜查了，我當然要來。」

川那部顯然很不高興。

「幹嘛站著，繼續開會啊。」

百合根率先入座，於是菊川、北森、佐分利依序坐下。北森和菊川顯然很不自在。

「那麼，搜查情形如何？還在沒完沒了地談死因？」

「屬下認為檢視官說的沒錯。」

佐分利表態，北森微微皺起眉頭。

「很好。細田是從矮梯上猛然向後跌落，後腦著地導致頸椎骨折，又因為勢道太猛而向後滾，以至形成俯臥。矮梯的高度約為一百五十公分，足以發生這樣的情形。好，這個問題到此為止，其他還有什麼問題嗎？」

川那部開始主持搜查會議，他是警視，有這個權限。

「我們和關係人談過了，」百合根說，「想做個報告。」

「可以。就算是意外，證明是意外的搜查也很重要。」

「北森先生，麻煩你。」

百合根要北森報告。北森坐立難安地報告了在八爪魚製作的情形。

一談到死去的細田與藝人水木優子曾經交往之事，以及將節目發包給八爪魚製作的TBN板垣史郎製作人目前與水木優子是外遇關係，菊川明顯感興趣。

「很好。」北森一報告完，川那部便說，「我回去會告訴我老婆，她最喜歡這類演藝圈八卦。其他呢？」

菊川報告在現場附近打聽的結果。

同一棟公寓內沒有人發現異樣，既沒有聽到口角、爭執，也沒有注意到有異聲。

「沒有異樣，當然就不會有人發現什麼。我認為現場附近問來的，也證明這件事是意外，你們覺得呢？」

沒有人說話。

百合根偷偷看ST組員的樣子。

赤城看來已經失去發言意願，悶不吭聲地望著鑑識和法醫報告，黑崎本來就不會發言，翠也一副興趣缺缺，雙手在胸前交叉，看著別的地方，山吹也一臉死心放棄的樣子。

只有青山不同，他的心思還專注在搜查會議上，這讓百合根感到不可思議同時內心發毛，青山可不是會對開會感興趣的人。

「話說回來，」川那部檢視官說，「公寓都傳出鬧鬼了，住戶還能一直住在那裡也挺了不起的，要是我早就搬家了！」

菊川說：「對一般老百姓而言，買房子是一個夢想。住戶都異口同聲地說可以的話很想搬家，事實上在公寓增值、換房子相對容易的時代，原本的居民都陸續搬走了，但是近幾年房價一直跌，想換房子不是那麼容易，只好忍著繼續住。不過，那間屋子因為有點問題，就算有人搬來也會馬上搬走就是了。每次房子一空下來，物業管理公司都會應居民要求，請神社的神官來作法驅邪。」

「雖然覺得這些住戶很可憐，但也無可奈何啊。」

川那部一這麼說，青山就問：「檢視官相信有鬼嗎？」

川那部一臉意外地看著青山。
「怎麼可能，我才不信有鬼。」
「那麼為什麼會認為住戶很可憐？」
「光是有這些令人不舒服的傳聞就夠慘了吧。家是讓人安心休息的地方，可是同一棟公寓裡卻傳出有一處在鬧鬼，這樣心情當然無法平靜。」
「靈異現象在全國各地都時有所聞，」青山說，「對於這個事實，你有什麼看法？」
「疑心生暗鬼，我認為這才是真相。」
青山轉而問起菊川：「那裡的其他單位也發生過靈異現象嗎？」
菊川吃了一驚：「我沒問。」
「為什麼？我覺得這很重要欸。」
菊川一臉不耐煩：「我可沒發現這很重要。」
「明天再去問一下那棟公寓的人啦。」
「為什麼？」菊川臭著臉問。

「我認為我們應該搞清楚靈異現象的範圍有多大，是只有在那間呢，還是別間也會發生。」

「沒那個必要，想問你自己去問。」

「那好，我自己去。」

百合根不知如何是好，赤城與川那部已在對槓，如果青山也槓上菊川，局面會變得更加難以收拾。

他正在想得說些什麼的時候，青山轉而問他：

「吶，什麼時候要去找安達春輔？」

「呃！」

百合根看了看北森，北森代替百合根回答：

「明天就去找他吧，最好兩位特別來賓都談談。」

說完便朝川那部望去，像是在跟他請示般。川那部哼了一聲，笑說：

「隨便你們，我是不想增加你們的工作。我也待過轄區，知道轄區有多忙，就是因為這樣，才想當場把事情全部解決。」

北森移開視線，忍住火氣看著地上。他當然也很希望能以意外死亡結案，但方面本部的管理官下令要查，轄區只能聽令照辦。

「其他呢？」川那部檢視官說。

沒有人說話。

「那麼，搜查會議結束，早點回家去看看家人吧。」

「屬下住在宿舍。」

佐分利笑容滿面地說。北森一臉很受不了的表情看著佐分利。

川那部朝佐分利斜了一眼，不予理會，一起身就走出房間。佐分利為了向川那部示好而多嘴，不過顯然失敗了，但他卻絲毫不以為意。

川那部離開，搜查會議出現一切重新來過的氣氛。菊川說：

「總之，我明天也會到現場附近打探消息，就算真的像川那部檢視官說的是意外死亡，該做的事也要做好。」

「現場正下方的住戶你去問過了嗎？」

「問過了，」菊川回答，「怎麼樣？」

「正下方的人也說沒聽到什麼聲響嗎？」
「是這麼說沒錯。」
「那就不是意外死亡了。」
「怎麼說？」
「川那部檢視官說，沒有人聽到有聲響這一點，證明了並非人為致死，可是其實正好相反。」
「你說什麼？」
「如果真像檢視官說的，那個叫細田的要是跌倒的話，應該會發出很大的聲響和震動才對。天花板傳來這麼大的聲音，樓下的人應該會嚇一跳啊。」
菊川頓時說不出話來。
百合根也很訝異，這麼簡單的事，自己怎麼沒發現？
「這是邏輯的迷宮，」山吹說，「言語的障術。要是住在隔壁的人什麼聲響都沒聽到，就說什麼事都沒發生，邏輯上可以成立，但是這裡面有陷阱。」

「事情是在深夜發生的吧？」佐分利說，「住在樓下的人可能睡得很熟啊。」

「要是我，一定會嚇得彈起來。」青山說。

「世界上又不是每個人神經都那麼纖細。」佐分利說，「要是神經纖細，在這種鬧鬼公寓怎麼住得下去。」

青山對菊川說：「隔壁的人也沒聽到聲響吧？」

「對，他們是這麼說的。」

「我想，隔壁應該聽得到很大的聲響才對。」

菊川的態度頓時謹慎起來：

「細田的死亡時間推定為半夜三點多，正是一般人熟睡的時候，但是完全沒有人注意到確實不太自然，也許有人聽到了什麼聲響也不一定，明天我會繼續追查。」

「你會順便幫我問一下靈異現象的事嗎？」

青山一這麼說，菊川便不耐煩地說：「幹嘛非要問那種事不可？」

「那就算了，我自己去問。」

「我告訴你，我是在辦案，可不是在陪大少爺你玩。」

「我也是在協助辦案啊。」

的確，青山和平常不太一樣。之前不管在什麼狀況下，都可以提出「可以回去了嗎？」的青山，這次卻莫名地投入。

翠說：「我也去打聽看看，反正我也正打算明天去現場調查。」

菊川看著翠。翠察覺他的視線便轉頭直視他，害菊川硬生生地別開視線，沒有再反駁。

「好吧。」北森說，「ST的各位決定要自己行動，那邊就交給你們，明天我去找節目的來賓。」

「你要去找安達春輔對不對？」青山說，「我也要去。」

百合根看著北森，等他回應。

北森回答：「好的，請便。」

至此，赤城也開口了：「我也去，我想再見一次安達春輔。」

考慮到北森和菊川的心情，百合根對赤城說：

「你該不會也像青山一樣，認為這次的案件是因為鬼作崇吧？」

「我純粹是基於醫學的觀點想見他。」

「醫學觀點？」百合根不禁皺起眉頭，「什麼意思？」

「就是字面上的意思。」

赤城不願多加解釋。

「好。」北森說，「既然川那部檢視官都說了，那大家就早點回家看看家人吧。」

7

睡意已到達極限。

一郎置身於一種獨特的朦朧感之中，彷彿世界漸漸失去實體。心裡想進行手上的工作，眼睛卻無法聚焦，一抬眼，顯示器上的畫面看起來好像兩層疊在一起。千葉正俐落地進行作業，他應該也睡得很少才對，往後面一看，上原在打瞌睡。

一郎正想叫醒上原時，千葉盯著畫面說：

「讓他睡。」

「咦？」

「叫他起來也幫不上忙，你也可以去瞇一下。」

「不用，我沒關係。」

「你明明就很想睡。」

「導播都沒睡了，AD怎麼可以睡。」

千葉還是目不轉睛，從他肩膀的震動看得出他笑了。

「就快好了，到時候可以睡到眼睛爛掉。」

「是。」

「不愧是細田先生，拍得好。」

一郎聽到這句話，不禁去看顯示器。

的確，水木優子顯得生動鮮活，安達春輔看起來也比本人更加神祕。取鏡也好，喊卡的時間點也好，確實高明。然而，一郎卻對千葉這句話感到意外。

「我以為千葉先生不欣賞細田先生。」

「這什麼話，他可是老前輩哩。」

「可是，你不是不喜歡他的做法嗎？」

「我跟他是有很多衝突，但是從他身上學到很多也是真的。」

也許他們兩人之間的糾結遠比一郎以為的複雜得多。再怎麼說，他們都認識很久了，早在一郎進公司之前，他們就一起工作許久了。

「怪了。」千葉喃喃地說。

「怎麼了嗎？」

「你交給我的帶子，完全都沒加工過吧？」

「當然，根本就沒有時間。細田先生他……那個，出了那麼大的事，一看到情況我馬上就跟千葉先生聯絡，帶子就直接交給你了。」

「我想也是。」

「怎麼了嗎？」

「帶子的最後，少了一段。」

「少了？」

「有一段時間沒拍到。」

「不會吧。」

「就是這裡，你來看。」

畫面上一片漆黑，就是攝影機一直開著時會拍到的一般畫面。

一郎不懂，看起來就是一片黑，不過仔細看的話，由於窗外路燈微微的燈光，隱約可以看到有影子在晃。

那應該是晾衣繩的影子，想必是最後住這裡的人家在陽台上掛了繩子，就這樣留在那裡了吧。突然那個晃動一瞬間很不自然地中斷了。

一郎心想，這只有千葉才會發現。

然而，那又是怎麼回事？

如果不是有人關掉攝影機，是不可能會這樣的。影像後來也繼續拍攝，這就表示關掉攝影機的人，又把攝影機打開了。

為什麼要這麼做？

究竟是誰做的？

一郎並不怎麼在意，實則即使他想集中精神，都再怎麼用力也擠不出一個火柴棒頭大小的思考能力，思緒朦朧，腦袋瓜無法正常運作。

千葉的聲音響起：「警方說，帶子可能拍到東西。」

「啊？」

「細田先生的事。不管是不是意外，的確出事了。警方說也許帶子裡面拍到了出事當下的動靜，畢竟會拍到也是當然的，因為攝影機一直都開著。」

「嗯。」

睡眠不足實在令人無可奈何，一郎無法理解千葉想說什麼。

「那個，會不會是細田先生關掉攝影機的？他似乎反對我們繼續拍攝。」

千葉看著一郎，一副真受不了你的樣子。

「那又是誰打開的？」

「咦？」

「你想想，帶子沒有錄到細田先生遇害時的動靜，這就表示那時候攝影機要不是停了，就是那部分的帶子被倒轉，以後來拍的影片蓋過去，也就是說那時細田先生已經死了，不可能再打開攝影機。」

「哦……」

因極度的睡眠不足導致腦筋遲鈍的一郎也終於明白了。

「換句話說，這表示……」

「事情可能不是意外。」

千葉重播了夜視攝影機拍攝的帶子，最後的那卷。和一般攝影機一樣，夜視攝影機也是開著一直拍，千葉快轉播放，盯著顯示器說：

「影片果然中斷了，有一段時間被跳過去了。」

一郎頓時清醒。

「得通知警方才行。」

「是啊，」千葉眼睛還是沒有離開顯示器，「不過得先把剪接做完。」

百合根、北森約好和水木優子及其經紀人碰面，對方要他們到經紀公司。水木優子的經紀公司位於中目黑，百合根先前不知道中目黑這一帶有很多演藝圈的經紀公司，以前這些公司大多集中在赤坂、六本木等地，然而時代變了，好幾家新興的經紀公司都以此為據點。

本想上午見面，但經紀公司的人要他們約下午，因為藝人大多是夜貓子。

青山和赤城也跟他們同行。

水木優子的經紀公司距離中目黑車站徒步十分鐘左右，位於面山手通一棟巨大建築裡，占了兩個單位，經紀公司名為「北斗事務所」，因為社長叫北斗雅也。

百合根一行四人被帶進會客室。玻璃櫃裡擺放著錄影帶和DVD，應該是旗下藝人的作品吧，牆上貼著海報，一名看似新人的女子，穿著曝露、花俏的服裝微笑著，是一張配色很刺眼的海報。

他們約好是兩點，但水木優子和經紀人兩點半才出現。

兩人得分別來談，這是鐵則。會客室裡，水木優子像是被百合根他們四人圍住般坐著。

她把頭上的棒球帽壓得很低，和電視上比，較不起眼、似乎很累，應該是沒有化妝的關係吧。她在黑色T恤上面套了一件大大的棉質白襯衫，搭牛仔褲。

北森問：「可以請妳說說那天晚上的情形嗎？」

「拍完節目，我們去慶祝殺青。」

她的應答雖然有禮，卻是懶洋洋的，可以明顯感覺到她的不情願，大概是有起床氣吧，百合根心想。

「移動時是搭經紀人的車嗎？」

「是的，我一直都和經紀人一起行動。」

「慶祝完之後呢？」

「我回家了。」

「經紀人送妳回去的嗎？」

「不是，我自己搭計程車回家。」

「為什麼？」

「因為我家和經紀人家是反方向。」

「這種情況常有嗎？」

她停頓了一下。因為棒球帽簷擋住，看不清她的表情。

「也不算常常，可是那天晚上我想自己回去。」

「哦，」青山說，「不是才剛拍完那樣的節目？」

水木優子的棒球帽動了，她轉向青山。

「那樣的節目？」

「對，那是靈異特別節目吧？妳一個人心裡不會毛毛的嗎？」

「不會，又不是沒拍過靈異節目，而且我那時候醉得蠻厲害的。總之，我就是不想有人跟著，我有很多事要想。」

「有很多事要想，」北森說，「是細田先生和TBN板垣製作人的事嗎？」

水木優子抬起頭來，終於清楚看見她沒化妝的臉了。

百合根以為她要發脾氣，她卻微微一笑：

「你們消息很靈通嘛，的確也是。坦白說，這件工作是板垣製作人給的，當我知道負責拍攝的是細田先生的製作公司時，是有點驚訝。」

「妳和細田先生交往是什麼時候的事？」

「從頭一次和他合作開始，所以已經是五年前吧，然後持續兩年左右。」

「後來呢？」

「偶爾會碰個面。」

「聽說細田先生離婚了？」

水木優子又微微地笑了，這個笑別具深意，甚至帶有點神祕，以及些許的妖豔。

「也許你們會懷疑是我的關係，但細田先生的離婚和我無關。」

「那麼，妳現在和TBN的板垣製作人交往？」

「是的。」

水木優子毫無愧疚地明白回答。

「什麼時候開始的？」

「大約一年前。」

「板垣製作人已婚吧？」

「是的，也就是所謂的外遇。」

水木優子答得實在太乾脆，令百合根大感意外。

北森的問題也不客氣：「這件事沒有造成問題嗎？」

「如果被發現，應該會有點麻煩吧。」

「怎麼說？」

「因為他太太是TBN董事的女兒，聽說握有TBN很大的股份。」

這樣想離婚也離不了吧，百合根心想。外遇也有其危險，然而也因為危險才促使某些人更想冒險。

人不能光靠理性而活，這一點，就算是被別人說是涉世未深、老古板的百合根也自認為是理解的。

「板垣先生知道細田先生曾經與妳交往嗎？」

「這我就不知道了，我一個字都沒提過，板垣也沒提過這件事，可是天曉得八卦會從哪裡傳來呢？」

「也就是說，他可能早就知道了？」

「我說了我不知道。」

北森點點頭，然後朝百合根看。

百合根看向青山和赤城。赤城打從一開始就抱持著事不關己的態度，特別是不知如何和女性相處的他，對水木優子毫不關心。

青山問：「妳看到安達春輔丟紙人了吧？」

「嗯。」

水木優子朝青山看，微微抬起棒球帽簷，也許是青山的美貌吸引了她的注意力。演藝圈多的是俊男美女，那是得天獨厚的人所組成的世界，然而青山的美貌不遜於藝人。

「他真的只是丟出去，脖子就破了嗎？」

「紙人掉到地板上的時候，我是真的看到脖子的地方破了。之後，細田先生也是折斷脖子而死的。」

「很難相信是巧合吧？」

「也許真的是靈障。」

青山的問題就這樣唐突地結束了，他立刻顯得興趣缺缺。

百合根說：「妳一定很震驚吧？」

「咦？」

水木優子好像吃了一驚，從棒球帽簷底下注視百合根。

「曾經和妳交往的細田先生死了。」

「是很震驚。」她直視著百合根說，「我知道戴著帽子很失禮，但我不把帽子拿下來是因為我眼睛很腫，自從知道細田先生死了，我就一直哭。我還以為我不會難過，因為我們交往是很久以前的事了，可是還是會忍不住想起過去的快樂時光。」

轉眼間她的眼眶已含著淚，百合根被嚇到了。

淚水輕輕沿她的雙頰滾落，她從包包裡取出手帕拭淚，按住鼻子。

「對不起，請問你們還有話要問嗎？」

北森又看了百合根，百合根搖搖頭。

北森說：「謝謝妳的協助，出去後可以請經紀人進來嗎？」

經紀人名叫杉田和巳，三十出頭，看起來很認真。髮型很俐落，穿著深藍色的西裝，配暗紅色領帶。

杉田在水木優子先前坐的位子坐下，不安地環視四周。

北森發問：「請告訴我們當晚的情況。」

杉田說的內容，與其他人並無矛盾，他幾乎都與水木優子一起行動。他說當天拍攝完畢，接了水木優子，前往殺青宴會場「颱風」，就一直待在「颱風」。

「聽說水木小姐慶祝完以後，是一個人回家的？」

「嗯，她說她要搭計程車回去。」

「她不是醉得蠻厲害的？你不擔心嗎？」

杉田苦笑。

「又不是十幾歲的藝人，她是成年人了，有時候也會自己跑去喝酒。」

「你看著她上計程車嗎？」

「沒有，」杉田的表情有些不安，「我去停車的地方了，那時候。」

他像是記起了什麼，「對，應該是細田先生和安達先生，還有水木他們三個人站在舊山手通旁攔的計程車。」

「原來如此，那你後來呢？」

「我回到家就上床睡了。」

「水木小姐和你家是反方向？」

「我住千歲烏山，水木是住在三田。」

「關於TBN的板垣製作人和水木小姐交往的事……」

聽到北森這麼說，杉田差點沒跳起來，只見他睜大了眼睛說：

「是誰說的？」

「當事人都承認了。」

「你說板垣先生？」

「是水木小姐。」

杉田皺起眉頭：

「真是的！刑警先生，拜託，千萬不能把這件事洩露出去。」

「我知道，搜查上的祕密我們是不會洩露出去的，他們兩人交往的事，有多少人知道？」

「我是不想讓任何人知道啦，不過四周的人很可能早已猜到。」

「週刊之類的沒有報導過吧。」

杉田的表情更苦澀了。

「如果不是更大的料，媒體根本不會報。」

明明說不願意讓別人知道，卻又懊惱媒體不肯報導，這讓百合根感到很不可思議。

「更大的料是指？」

「這個嘛，好比板垣先生和太太的娘家鬧得天翻地覆，鬧進了TBN，而導火線就是水木之類的……啊！不是的，這純粹只是舉例喔。」

「聽說板垣先生的夫人是TBN董事的女兒？」

「是啊，因為有這層關係，板垣先生在TBN是主流派，在現場他是最有權的人，誰也不敢惹他。」
「水木小姐也曾經和細田先生交往過吧。」
「那已經是過去的事了，真的要拜託大家，不要因為這次的事把這些挖出來。」
「我們會謹慎處理，不讓這種事情發生。那麼，板垣先生知道細田先生和水木小姐交往過嗎？」
「我想是不知道，否則他也不會特地指名水木去接細田先生的案子了。」
「也可能相反吧？」青山突然說。
在場所有人都對青山行注目禮。
杉田訝異地問青山：「相反是指？」
「因為知道，才故意叫她去，好確認兩人的反應。」
「不會吧。」
「人的心理是很有趣的，有很多人是從自虐中獲得喜悅，他也可能是一邊擔心著兩人可能會破鏡重圓，卻又以此為樂。」

杉田愣愣地看著青山。

北森似乎在思索什麼。

頓時一片沉默。

青山說：「吶，我們走了啦。」

於是他們真的告辭了。

正要離開的時候，杉田怯怯地對青山說：

「請問，你對演藝圈的工作有沒有興趣？」

8

安達春輔的辦公室位於鄰近池袋的要町，他們搭東急東橫線轉乘山手線、地下鐵有樂町線抵達那裡時，已經四點多了。

安達春輔是大忙人，只能撥出三十分鐘的時間。百合根一行人被帶進一個現代化裝潢的會議間，室內統一為黑白兩色，桌椅是黑色，牆架是白的。有一台大電視，錄影帶和DVD等播放器就安放在電視下的櫃子。這間辦公室位於大樓的四樓，柔柔的春光照進室內十分舒適，等候安達春輔的時間裡，百合根差點就要打起瞌睡。

那張宛如白色能劇面具的臉出現了，和前一天一樣穿著黑色高領毛衣和黑色西裝外套。

「久等了。」安達春輔說，「很抱歉，時間不多。」

「哪裡，我們才不好意思，您百忙之中還前來打擾。」

北森這麼說，然後重複了前一天安達春輔向菊川和百合根所說的內容，詢問是否有需要訂正的地方。

安達春輔搖搖頭：「沒有，沒有要訂正的地方。」

「我們想請教你離開『颱風』之後的詳細經過。」

「好的。」

「留到最後的，是細田先生、水木優子小姐、她的經紀人與你，是這四人沒錯吧。」

「在我們回去之前，跟著細田先生的AD也在。」

「上原先生？」

「好像是叫這個名字。細田先生交代他把車開回公司，所以他早我們一步離開餐廳。」

「你們四位離開餐廳後呢？」

「首先，水木小姐的經紀人說他車子停得比較遠，就跟我們說再見，剩我們三個人一起等計程車。最先攔到的車，本來是要讓水木小姐搭，但水木小姐要讓我先搭車，我就上車了。」

「比女士優先？」

「我是想，也許水木小姐有話要跟細田先生說。」

「你為什麼會這麼想？」

「沒有什麼特別的原因。」

安達春輔從頭到尾語氣都是平平淡淡，他背脊挺直，直視對方，長長的眼睛襯得表情有些冷調，是不同於青山的另一種美男子。

北森繼續發問：

「你對於水木優子小姐個人的人際關係，有沒有什麼特別的了解？」

安達春輔的表情略略沉了下來：「你的意思是？」

「就是字面上的意思。」

「我不認為這和細田先生的死有何關聯。」

「有沒有關聯還不知道。」

「若要我答的話，就是NO。我和她是頭一次見面，對她個人的人際關係也沒有興趣。」

百合根將此解釋為他並不知道水木與細田曾經交往一事。

北森瞪著手上的筆記，陷入思索，大概是在思考接下來要問什麼吧。

青山看來就是在等這個機會，接口說：

「你真的認為細田先生是被鬼魂作祟害死的？」

安達春輔眼神平靜地看向青山：「我們不說作祟，是說障。」

「障？」

「靈障的障，同障礙的障。」

「細田先生是因靈障而死的？」

「我是這麼認為。」

「一般人很難接受這種說法吧？」

「有很多人是因為一般無法解釋的症狀而來這裡找我，例如被狐仙或是犬神附身等等，因靈障而身心出現疾病、因亡靈附身彷佛變了一個人……」

「你幫他們收掉？」

安達春輔微微點頭：「除靈。」

「百分之百都能除靈？」

「很遺憾，無法達到百分之百，也有不少人清除了之後，又立刻被附身。」

「哦，你好誠實喔，有些靈媒會說無論什麼靈他們都能驅走。」

這話說得很失禮，但奇怪的是由青山來說聽起來就不特別無禮，也許是被他的外表所影響。人帥真好，百合根心想。

「醫生的治療不也一樣嗎，不見得能百分之百把病治好。」

安達春輔這麼說，赤城點點頭：

「的確如此，醫生治病其實也是用猜的。」

那語氣極諷刺，然而出自赤城嘴裡，也許他是說真的。

青山問：「那間屋裡的鬼魂，是女的嗎？」

「是的，大概是三、四十歲，我認為很可能是自殺身亡。」

「明明是女性的鬼魂，卻是細田先生犧牲？」

「靈障是不會選擇性別的，男性的亡靈附在女性身上的現象也很常見。」

「脖子的骨頭是怎麼折斷的呢？」

「不是從矮梯上跌下來嗎？」

「就是這一點令人不可思議啊。」青山一臉真的很不可思議的表情，「我不懂為什麼細田先生會去爬矮梯。」

這一點，百合根也有疑問。半夜裡到那間房子裡，會有什麼事需要用到矮梯？

「我也不知道。」安達春輔坦然說。

「他燈也沒開地在一片漆黑中爬上矮梯，然後跌下來，這真是太奇怪了。」

北森朝青山看，大概也有同樣的疑問吧。

然而，青山為何要拿這個來問安達春輔呢？百合根不明白青山的用意。

「一片漆黑？」安達春輔問。

「對。」青山回答，「發現遺體的就是那位姓戶川的AD，他清楚提到，他是在打開客廳的燈時發現遺體。也就是說，在他開燈之前，整間屋子都是暗的，燈都是關著的。如果是意外，不就變成細田先生是在一片漆黑中爬上矮梯再跌下來嗎？因為人死了就不能去關燈了啊。」

安達春輔微微地皺起眉頭，好像在思考什麼。

青山繼續說：

「我想過很多情況，想找出一個人在黑暗中非得爬上矮梯的合理解釋，但什麼都想不到，細田先生究竟為何要這麼做呢？」

「這種事不時會發生。」安達春輔沉著地說。

「不時會發生？怎麼說？」

「亡靈會讓人做出以常識無法想像的事。」

「哦，比如說？」

「比如本來個性非常溫厚的人，突然莫名其妙地大鬧，或是每晚把冰箱裡的東西全翻出來散了一地、沒來由地罵人等等，這些都很常見。聲音突然改變也是特徵之一，妙齡女子聲音突然變得跟大男人一樣，還大吼大叫之類的。」

「哇喔！」

「你說的這些症狀，」赤城說，「全都可以用醫學的觀點來解釋。」

安達春輔平靜地點頭：

「但是，這些幾乎都是經過醫生治療仍舊沒有改善的例子。」

「要分辨是精神上的障礙或是腦本身的病變是極其困難的，若非專科醫生，無法施行正確的治療，這是目前醫療上的現況。」

「有很多例子是除靈之後這些症狀便立刻消失。」

赤城沒有做出任何反駁。

青山說：「那麼，你是說細田先生是受到亡靈的操控才爬上矮梯？」

安達春輔點點頭：

「這是唯一的可能，他因為被亡靈附身，採取了毫無理由的行動。」

「結果從矮梯上摔死。」

「所以我才會說是靈障。」

「細田先生在殺青宴之後回到那間房子，也是亡靈的關係？」
「我是這麼認為，應該是附身的亡靈想回去吧，然後在那裡作祟。」
「那為什麼細田先生會被附身呢？」
「沒有為什麼，誰都有可能，只是剛好是細田先生。」
「你上次說，其他人也可能會受害對吧？」
「參與那次拍攝的人恐怕都會出事。」
「你不是說，你打算在出事前幫他們作法？」
「如果大家希望我這麼做，我隨時都願意幫忙除靈。」
「那就動手啊！」
安達春輔一臉訝異地看青山：「除靈嗎？」
「不幫他們除靈會有危險吧？」
「是啊。」
「順便也得幫那間房子除靈。」
「其實，本來拍攝的計畫中也預定要拍除靈的過程。」

「那，為什麼後來沒有？」

安達春輔忽然被提醒般說：

「對了，說不必拍的，就是細田先生。他說，TBN的節目沒有要求拍那部分，我在想會不會是亡靈要他這麼說的。」

「為了不被除掉？」

「很多亡靈抗拒升天成佛，他們沒發現成佛對他們才是幸福，對人世懷有強烈的眷戀與怨恨，大致就會變成這樣。」

「這次的亡靈也是嗎？」

「我認為是的。」

百合根知道北森漸漸開始不耐煩了，他想得在北森開口之前阻止青山才行。

「青山，有些事情比亡靈更應該問。」

青山對百合根說：「你想問什麼就問啊？」

百合根啞口無言，被青山這麼一說，他還真想不出要問安達春輔什麼。

細田死亡當晚的事已經問過了，他跟細田又不熟，只不過是因為受邀來上這個節目才認識，這一點他們已經確認過了。換句話說，百合根沒有任何問題要問安達春輔。

百合根和北森都不開口，青山便對安達春輔說：

「那你什麼時候要除靈？」

「這不是我能決定的，得要他們要求，我才會去除靈。」

「我了解，那我來跟工作人員說。」

百合根打從心底吃了一驚。

這是他頭一次聽到青山主動提出說要安排什麼。

安達春輔高傲地點頭：「若是這樣，我隨時都可以。」

「對了，」青山又說，「安達先生最近和好幾個名人的口水戰好像還沒打完呢。」

安達春輔露出一絲苦笑：

「無論什麼時代，都有人對靈異現象的說法反應激烈。」

「你的對手是某名牌大學的物理教授，和以文化人自居的藝人是吧？他們有好幾次在電視上對你大加撻伐。」

「那種節目很會搧動兩造，自然會有人隨之起舞。」

這百合根倒是不知道。

青山從以前就對安達春輔感興趣嗎？還是只是剛好看過那個節目？

「那個大學教授開口閉口都說你是神棍，一定很令你生氣吧？」

「我的確很生氣，但是和那種人計較也沒有意義。」

「那個教授真的很蠢，他以為什麼都說是電漿引起，問題就能解決。以為火球的實體是電漿，所以全世界的靈異現象、UFO、麥田圈全都是電漿搞的鬼，那種電漿狂被當成學者代表，叫其他科學家怎麼受得了。」

「對方有什麼看法、怎麼說，我都不會放在心上。我是親眼看過無數心靈現象，也實際為人除靈，這是事實，是他們自己不具有看清事實的能力。」

安達春輔的語氣稍微帶了點火，在此之前他完全不透露出半點情緒，此時已略顯得激動，雖然只有一點點。

百合根感到有趣，也許青山正試圖激起安達的情緒。青山是心理專家，和他打心理戰是沒有勝算的。

這時候，百合根赫然發現，對方被搞得焦躁、不耐煩，也許就代表他不知不覺中已中了青山的圈套。

「好幾次被他們在電視上這樣任意抹黑，你不覺得很受傷嗎？」青山說。

「我不覺得有什麼好受傷的。」

「可是對安達先生的工作來說，形象很重要吧。一直被人家說是神棍，不會造成影響嗎？」

安達春輔露出一絲譏諷的笑容。

「要是我跳出來反駁，反而會助長對方的氣焰，他們只會搬出壓根否定、選擇有利於他們論述的科學根據之類的話，所以沉默就是最好的回應。」

「也對，這是很聰明的做法。不過，要是我的話，一定會想好好發洩一下我心頭的怨氣，安達先生真有修養。」

安達看看時間：「抱歉，時間差不多了。」

北森對百合根說：「班長，有什麼問題要問嗎？」

「沒有。」

「那就……」

安達春輔準備離席，這時候赤城開口了：「你很常頭痛嗎？」

安達春輔皺起眉頭看赤城。

「是吧，我有偏頭痛，這對工作有幫助。」

「你是說，附近有靈，你就會頭痛？」

「是的。」

「你最好去檢查一下。」

「要是頭不會痛了，也許就沒辦法工作了。」

說完，安達春輔站起來，行了一禮便離開房間。

青山對北森說：「叫班長太遜了，我們都是叫頭兒啦。」

「那，你從那些問題知道了什麼？」

回程路上，北森一直很不高興地一言不發，一回到目黑署那個充滿汗臭味的小房間就對著青山這麼說。

百合根感覺是自己遭到質問，青山倒是一臉不在乎：

「他被逼得很緊。」

「你說什麼？」

青山的回答使北森大感驚訝。

「我說，他在精神上相當疲憊。」

「你怎麼知道？」

「他戴著面具。」

「面具？」

「他的面無表情不是天生的，也不是為了工作，而是他不想讓別人知道他的情緒波動，我才稍微逗他一下，就顯現出真正的樣子來了。」
「我可看不出來。」
「因為你對靈異現象感到不耐煩，把頭撇到一邊了啊。」
「話我可都是聽在耳裡。」
「可是你沒觀察啊，當刑警的應該注意他的變化，是北森先生不用心。」
百合根說：「你說他被逼得很緊，是指被大學教授等人批判的事嗎？」
「也許是。他本來就是自尊心很強的人，所以在公眾面前遭到痛罵，應該是無法維持冷靜的。」
「自尊心很強？」北森問，「你怎麼知道？」
「自尊心不強的話，就不會戴上面具，還有他永遠都做同樣的打扮，那是他的表演服，他在扮演自己，也是時時刻刻在留意別人怎麼看他的證據。自尊心強的人，基本上都是喜歡受到注目，否則他也不會頻繁上那些談靈異現象的電視節目了。還有一點就是他留下我們這些訪客自己先離開，像個王公貴族般自己先告退。」

北森有那麼一刻，愣愣地看著青山，然後他轉頭去看百合根，希望得到解釋。

百合根說：「青山是ST的文書專員，也就是負責心理分析、人物側寫的專家，他能夠從犯案手法準確描述兇手，要說出一個人的特性，對他來說易如反掌。」

北森一臉難以置信的表情，又看了一次青山。

百合根很了解北森的心情，從青山的外表實在無法想像他的實力，不，其實就連百合根自己到現在有時候也不敢相信。

「呃，可是，這……」北森的表情柔和了許多，「細田為何爬上矮梯這一點，的確是抓到重點了。而且，正如你所說的，AD戶川一郎說他確實是在開了燈之後才發現遺體，換句話說，細田是在漆黑之中爬上矮梯。」

「前提是如果是意外的話啦。」

北森低聲喃喃地說：「問題的癥結就在這裡啊。」

「其中一個可能，安達春輔已經告訴我們了，」青山說，「是亡靈搞的鬼。」

「寫這種報告，會被檢察官罵死。」

「可是，這也是一種可能，我們還沒有其他根據能否定這個說法。」

赤城點點頭：「這才是科學的態度，跟某大學教授不同。」

「請問，」百合根委婉地插話，「還有另一種可能，假如這不是意外，也不是自殺，更不是亡靈搞鬼的話。」

「謀殺。」北森坦然地說，語氣上可知是已經朝這個方向思考。

百合根點點頭。

「工作人員、節目來賓都有行凶的可能。綜合關係人的發言，在殺青宴當中離開的，有AD戶川一郎、燈光師、攝影師，和導播千葉光義。散會之前，AD上原毅彥為了要將車開回公司先行離開，剩下最後四個人。接著，因為車停得遠率先離去的是經紀人杉田和巳，其次是搭上計程車的安達春輔，剩下水木優子和細田康夫兩個人，其中的細田康夫死了。」

「我知道。」北森說，「每個人都有機會落單。」

百合根說：「而水木優子曾經與細田康夫交往，目前她是與節目製作人TBN的板垣史郎交往，她跟細田有可能因過去交往的關係發生糾紛，再來是千葉光義經常與細田康夫發生衝突，也許是工作上的糾紛引起殺意。」

「那麼安達春輔也可能是嫌犯之一囉。」青山說。

百合根邊思考邊回答：

「但他沒有動機，安達春輔是因為這個節目才頭一次跟細田康夫碰面。」

北森說：「對，關係太薄弱了。」

「也許死的人不一定要是細田先生。」青山說。

「這，」百合根說，「是安達春輔說的吧，受到靈障的並不一定要是細田先生，誰都可以。」

「犯罪者經常會在不經意間說出真心話，下意識地。」

「你是說，安達春輔殺死細田康夫，然後說是亡靈搞的鬼？」

青山嘆了一口氣：

「因為頭兒說誰都可能是嫌犯，所以我也隨便說說而已啦。」

百合根有點失望。

「不過，安達春輔並非完全沒有動機，若是這個節目中有人死於靈障，安達春輔將會再度受到注目，這時候若是來個除靈，也許更能推升他的名氣。」

「有人會為了這種事殺人嗎？」

「因為說到靈障，不死個一、兩個人，衝擊性不夠大啊。」

百合根不禁看著北森，很好奇他對青山剛剛說的這番話會有什麼看法，原以為北森會嗤之以鼻，然而他卻陷入長考，並看著青山說：

「安達春輔自尊心很強，」

北森自言自語地喃喃說著，然後問青山：

「而且，他在電視圈被學者和文化人士狠批，面子掛不住，這對他來說可能難以忍受，你是不是這個意思？」

青山點點頭：「對。」

「他的職業是靈媒，既不是神社的神主也不是佛寺的住持，換句話說，他沒有其他收入。」

「我是覺得，光靠除靈他是賺不了什麼錢，多半也會做一些顧問諮商類的工作，那些企業大老闆、政治家似乎都很願意付很多錢給算命師、靈媒，請他們指點。」

「這我也聽說過。」北森說，「無論如何，在他們那個圈子，口碑風評就是一切。在電視上被罵神棍，這可是攸關信用，等於直接影響生意。」

「嗯，可以這麼說。」

「而且，依照他的個性，在電視上被取笑、痛批，是難以忍受的。」

「就安達春輔的情況來說，這個問題比較大，我猜他一定氣到失眠。」

「你說他被逼得很緊是吧？」

「嗯。」

「被逼得走投無路了嗎？」

「我是這麼覺得。」

「為了挽回聲譽，他會亂來？」

「不排除這個可能。」

北森又陷入沉思。

百合根聽著他們的對話，感到有點意外。他們的推理是符合邏輯的，北森高度懷疑這次的案子是一樁殺人命案，而青山的話，也可視為是在暗示安達春輔有行凶的可能。換句話說，他們兩人是在討論安達春輔的動機。

百合根不知該如何判斷，現階段連是否是為謀殺都還沒有定論，但是他覺得可能性漸漸升高了。

赤城和翠對於將案子被當作意外死亡來處理表示不以為然，這判斷果然是正確的。

「要盯著安達春輔。」

赤城突如其來的聲音讓百合根嚇了一跳。

「你是說，安達春輔嫌疑很大嗎？」

「嫌疑？」赤城看著百合根，「那是刑警的問題，我只是從一名醫生的立場提醒而已。」

「你的意思是？」

「現在還不能斷定，但是他很危險。」

正想細問赤城究竟是什麼意思的時候，川那部檢視官出現了。

赤城收起他的表情，百合根不得不放棄追問，因為赤城多半什麼都不肯說了。

「如何？該放棄了吧。」

北森看著百合根，以表情示意說，只有警部有資格向警視說話。百合根無奈地說：「詳細調查現場狀況、關係人供述的結果，似乎出現了意外死亡之外的可能性。」

就連百合根自己，都覺得這個說法十分委婉。

「我當然知道有非意外死亡的可能性。」

川那部檢視官絲毫不為所動地說，

「我是在將這些都納入考慮之後才下結論，你們有證據能推翻我的結論嗎？」

百合根拚命說明目前他們所知的事實，但越想好好說明，就越結巴。

川那部檢視官瞪人似地盯著百合根，令百合根緊張萬分。

百合根強調發生命案的公寓居民沒有聽到任何聲響、遺體被發現時屋內燈沒有開，這些點都很不自然，又強調細田與水木優子的關係以及節目製作人TBN的板垣史郎與水木優子的關係，試圖暗示其中的動機。

然而，川那部檢視官聽完之後斬釘截鐵地說：「你是說，我瞎了眼？」

「不是的，我是希望檢視官能夠知道這些事實。」

「事實，我在現場都看到了。」

「隨著調查進行，發現了許多新的事實。」

「都是不足為道的小事。」

「我不這麼認為。」

「那好，你把你說的那些什麼事實湊一湊做成報告，看看檢察官接不接受。」

百合根無言以對。的確，現階段檢察官恐怕是不會接受的。

「現在調查才剛開始。」

「浪費時間，我是根據經驗下的判斷。」

「所以，」百合根火了，「我們是以檢視官的判斷作為前提進行調查，在這個基礎上產生了許多疑點，才會希望您考慮重新檢討。」

「什麼疑點？」川那部極其不悅地瞪著百合根，

「你們只是在單純的意外裡東翻西找，把事情弄得更麻煩而已。要說服我，就拿出更具體的證據來。」

「既然如此，請讓我們做一個實驗。」

翠的聲音在門口響起，她不知道什麼時候出現在門口，後面還站著黑崎、山吹、菊川還有佐分利。

「實驗？」川那部說，「什麼實驗？」

翠等人走了進來，菊川皺著一張苦瓜臉。

翠回答川那部：

「我想要他實際從矮梯上跌落，看看身體會呈現什麼姿勢。」

翠指著黑崎。

「妳說什麼？」

「屍體的後腦有明顯的撞擊痕跡，再加上頸骨折斷了，這說明死者是從後方受到衝擊，然而屍體被發現時卻是俯臥的。在什麼情況下才會呈現這個狀態，我想實際做個實驗。」

川那部瞟了黑崎的壯碩的身體一眼，然後說：

「既然如此，」川那部檢視官裝模作樣地說，「大家就帶著便當一起去看吧！」

9

剪接作業完成時，戶川一郎已經分不清是白天還是黑夜，他腳步蹣跚地從剪接室走出來，看了時鐘也遲遲無法理解指針指的是幾點。

五點二十分，步出剪接室，他足足花了一分鐘，腦子才弄清楚現在是傍晚。

「我馬上送到TBN。」

一郎對隨後從剪接室出來的千葉光義說。

千葉看看一郎，然後搖搖頭：「你先去睡一下，我叫上原去送。」

「可是……」在他心裡，這個案子是屬於千葉和他的。

「你這個狀態根本不能出去，整個剪接過程你都參與到，做得很好。上原偷懶，精神應該不錯，剩下的就交給他吧。」

的確，上原看起來比自己有精神多了。千葉叫他到TBN跑一趟，上原二話不說就答應了。

他喜歡出入電視台，掛上在電視台入口換的通行證似乎讓他很有優越感，和圈內人熟絡的交談也讓他很高興。

上原拿著錄影帶出去之後，千葉要一郎回家睡覺。即使叫他現在馬上睡在辦公室地板上，應該也睡得著，但是好像有什麼事卡在心頭，讓一郎一直待在原地動不了。腦筋無法好好運轉，他不知道自己究竟在擔心什麼，後來他終於想起來了。

「請問，」一郎小聲對千葉說，免得讓辦公室的其他人聽到，「報警的事……」

千葉點點頭，「哦，那件事就交給我吧，你不要告訴任何人。」

這種說法，讓一郎莫名在意。一郎以為一完成剪接，千葉就會立刻通報警方，但是既然導播下了令，他也只能說是。

「好。」

聽一郎這麼回答，千葉也說要回家，便走出辦公室。完成剪接作業的人最大，無論是幾點都有權利說要回家。

一郎決定先回家再說，反正依現在的狀況，要他思考什麼都是不可能的，他對行政的白川美智子說：「我在家待機。」對於回家感到有點內疚時，這句話很方便。白川美智子了然於胸地點點頭。

一郎朝位在下北澤的住處出發。

一回到家，立刻倒在床上，就這樣一覺到天亮，卻睡得好痛苦。雖然像墜落懸崖般立刻入睡，但不知是睡是醒的狀態持續了好一陣子。半夜醒來好幾次，每次醒來又立刻睡著，不過早上醒來的時候，卻舒暢得自己都不敢相信。

他這一睡睡了半天。

距離上班還有一點時間，一郎沖了個久違的澡，效果驚人，腦子立刻清醒過來，活力湧現，好像做什麼都不成問題。他拿毛巾用力擦著頭走出浴室，打開冰箱拿起紙盒牛奶直接灌，冰涼的牛奶好喝得不像話。

工作完成的充實感終於降臨。

然而，這樣的好心情並沒有持續多久，細田的死再度沉重地壓在心頭。

守夜和告別式都是在剪接作業的空檔完成的，他實在沒有時間去思考細田的死，又因為慢性睡眠不足，根本不知道自己在想些什麼，等頭腦恢復正常運作，關於細田的記憶才慢慢湧現。他不是一郎喜歡的上司，但是關於他的記憶，並不全都是令人討厭的。神奇的是，一郎只想起帶著笑的細田。

一郎懷著奇妙的心情來到公司。千葉沒有來，負責行政的美智子說他今天休假。千葉當然有這個權利，一郎心裡這麼想，但同時卻又突然擔心起帶子的事。

他們拍的帶子，應該還留在剪接室才對。一郎跑到剪接室，他記得卡匣就堆在剪接室辦公桌上，所有的帶子都有編號。

一郎注意到最後一卷帶子不見了。

不管是夜視攝影機還是一般攝影機拍的，都找不到最後一卷。

就是那卷少了一段畫面的帶子，在細田死去的那一夜，應該還在自動拍攝的帶子。

是千葉帶走的嗎？

果然是準備交給警方吧，只有這個可能了。千葉說「那件事交給我吧」，一定是不想給公司其他同事添麻煩，他是會這樣替大家著想的人。

然而，一郎卻有種感覺，像是有一口氣梗在胸中怎樣都吐不出來。千葉要一郎別把帶子的事告訴任何人，就算千葉想全權負責，但這件事有必要瞞著其他人嗎？至少，應該要告訴八卷社長吧。

千葉在想些什麼，一郎無法理解。

這不是我該想的事。

一郎決定不去想。然而他就是很在意。完成了一件案子，今天很閒，發呆的時候，忍不住東想西想。

帶子到底跑到哪裡去了？在千葉那裡嗎？還是已經交給警方了？如果不是的話……。還有，為什麼千葉不想讓任何人知道帶子的事？

懷疑浮上心頭。

千葉會不會把帶子藏起來了？他為什麼要這麼做？

帶子很明顯是「跳」過去了，少了一段。在少了的這段時間裡發生了什麼事，顯而易見——細田死了。

攝影機一度被停下來，之後又被打開繼續拍攝，帶子上明顯留下痕跡。顯然不是細田讓攝影機繼續拍攝，當時細田應該已經死了，這一點是千葉指出來的。那段空白的時間，等於是說明細田遭到殺害的事實。

也就是說，錄影帶裡一定拍到了細田遭到殺害的證據，不見得是影片，可能是什麼聲響。兇手倒轉了那個部分，在上面拍攝了新的畫面，把證據蓋掉。警方認為細田是死於意外，然而那卷帶子卻暗示這是謀殺。

千葉帶走了那卷帶子，而且不准一郎向別人提起。

一郎思考他這麼做的理由，究竟千葉在想什麼？

這麼一想，最有說服力的答案是，千葉就是兇手。

最後碰那卷帶子的是千葉。換帶子本來是攝影師的工作，像當時那樣放著攝影機拍的情況，有時候是叫AD去換，然而千葉卻說他要自己去換。

攝影師累了，一郎也累了，他當時確實是很感激千葉的體恤。千葉本來是攝影師出身，在接觸導演這一塊之前，他有攝影師的經歷，所以當時一郎也不覺得有什麼不自然的地方。

然而現在回想起來，就覺得有些不對勁。

每個人都以為千葉換了帶子就馬上回家，但事實如何只有千葉自己知道。他因為某種原因知道細田會回那棟公寓，在那裡埋伏也不是沒有可能。這年頭人人都有手機，在那房子裡打一通電話把對方叫去也是可能的，電話雖然會留下通聯記錄，但大可在殺害細田之後刪除。

千葉與細田的關係確實不好，千葉雖說細田教他很多東西，但那是以前的事了，在一郎看來，細田一直以來只會妨礙千葉的工作。

這會是他殺害細田的原因嗎？

一郎連忙打消這一連串的想法。

我在胡思亂想什麼。

千葉殺害細田，這種事當然不可能發生啊！

細田的確是個有點老派的電視人，但八爪魚製作不能沒有他。大多數的案子都是細田去談回來的，本來公司就已經岌岌可危了，細田一不在，狀況應該會更加嚴竣，千葉不可能不知道這一點。

「你說什麼？」

聽到八卷社長大聲這麼說，一郎嚇了一跳抬起頭。

上原站在社長辦公桌前。

他還以為上原出了什麼紕漏被社長罵，但那樣子不太像，社長看來心情很好。

上原說：「我是不是太僭越了？」

「哪有什麼僭越，那不叫僭越，叫能幹！你真的拿到這案子？」

「嗯。我送帶子去給TBN的板垣製作人，順便跟他聊了一下，他好像說是很急的案子。」

他們在談什麼呢？

「真想不到啊，板垣竟然肯跟你談。」

「因為講到細田先生的事。這不是我的功勞，是細田先生帶來的機會啊。」

「也許吧，可是千葉才剛完成靈異現象的案子，緊接著又要派給他新工作，也太操了。話是這麼說，可是細田又不在了……」

「社長，」上原以鄭重的語氣說，「這個案子，可以交給我嗎？」

「交給你？」

「嗯。我一直跟著細田先生當AD，我想也差不多該是我挑起擔子的時候了。」

一郎吃了一驚。

看樣子，是上原從板垣製作人那裡拿到案子，要社長讓他當導播。一郎偷偷觀察八卷社長的反應。上原只比一郎早一年入社而已，若被指派為導播，是破格提拔。

八卷社長沉思了一陣，最後說：

「好，就交給你吧！細田不在，我們人手不夠，你能升上來當導播是再好不過了。」

一郎又吃了一驚，上原成為導播，就代表自己要被上原使喚。

一郎有種被車子碾過去的感覺，他一直認為至少在工作態度上，自己的表現比上原好，向來拚命投入工作，可是上原卻一下子就升上去了，也許人家天生運氣好吧。

去送交帶子，碰巧和板垣製作人談到細田，就這樣拿到案子，還有比這更幸運的事嗎？

假如去送帶子的是我，會怎麼樣呢？

一郎心想。

我也會拿到案子，被任命為導播嗎？

怎麼想都不可能。在AD當中，會被任命為下一個導播的，終究是前輩上原。無論如何都會是上原被升為導播，雖然一郎一直以為那會是很久以後的事。

10

老實說，如果可以的話，百合根實在不想在深夜來到這間房子。大家都說這裡鬧鬼，至少就百合根所知，這裡死過人。

靈媒說，死去的那個人是碰到靈障，百合根並不相信，但心裡確實感到不舒服，因此覺得山吹比平常來得可靠。

大概是在深夜的關係，川那部檢視官的臉比平常更臭，菊川也滿口黃蓮的苦樣。

北森那雙大眼發紅，應該是睡眠不足造成的吧。

佐分利站在川那部旁邊，打算隨時侍奉左右。

赤城雙手在胸前交叉，待在門口附近，看樣子他又決心當個獨行俠。

青山看來心不在焉，可能是想睡吧。

黑崎默默地望著矮梯。

翠說話了：「那麼，我們就開始吧。」

川那部有些驚訝地說：「開始？他什麼準備都還沒做啊？」

川那部指著黑崎。翠回答：「準備好了。」

「他沒有穿戴安全帽之類的護具。」

翠聳聳肩：「我也是這麼說，但他說不需要。」

「不需要？胡說八道！有人因為這樣跌斷脖子死了吔，你們不是說要模擬嗎？」

「當然不是連死都照學，我們是要從矮梯上跌下去沒錯，他說脖子他自己會護著。」

「我不能讓你們做這麼危險的舉動。」

黑崎不理，腳已踏上矮梯。

第一級。

「請保持距離。」翠說。

川那部嘖了一聲，退到牆邊。

黑崎便從矮梯的第一級往後倒。感覺得出現場一票刑警都倒抽了一口氣，連百合根也嚇了一跳。

黑崎看來是後腦勺著地，發出好大的聲響，落下來的震動大得簡直幾乎連房子都跟著搖晃。一看，黑崎雙手牢牢交握墊在腦後，以上臂保護著頭部。

黑崎是仰天而倒。

翠說：「首先，從這個高度跌下，不可能是趴著的。」

「我知道。」川那部說，「我說過好幾次了，是『滾落』，不高一點是不會變成那種狀態的。」

矮梯共有四級，五級就到頂了。黑崎爬到第三級，又從那裡向後倒下，驚人的聲響與震動再度撼動了整間房子。

刑警個個面無血色。雖說是第三級，高度也達到一公尺，他可是從那個高度往後跌落的。

黑崎依舊是以雙手雙臂牢牢保護頭部，即使如此，全身應該也受到不小的衝擊。

黑崎仍是仰天而倒。

川那部檢視官說：「喂，他沒事嗎？」

這時候，黑崎一骨碌爬起來，然後又再爬上矮梯，這次是站在最上面那一級，高度超過一百五十公分，從那裡隨便往後倒下。

百合根望著那駭人的測試，連聲音都發不出來。

這次是腰部著地。黑崎以雙手用力在地板上撐了一下減少衝擊，從一百五十公分高的地方往後摔下，是一件多麼可怕的事，百合根大為驚懼，深感只有精通古武道的黑崎才有這個本事。

這次黑崎也是仰天而倒。

好一會兒誰都沒有說話，每個人都望著黑崎。

黑崎沒事人般爬起來。

「您看到了嗎？」翠對川那部說，「即使從最高處向後跌落，也不會變成俯臥。」

川那部連話都說不出來，只能驚愕地望著黑崎。

翠接著又說：

「細田先生為何要在黑暗中爬上矮梯最高處，我們從這結果來看完全無法推測。即使如此，我們認為他無論如何都不可能是跌落後又再翻滾。」

川那部終於回過神來了。

「不，不是不可能，說不定是褲角被矮梯勾到之類的。」

「就算被勾住了，從這個高度也不會跌下來又滾動。黑崎盡可能照檢視官所說的狀況向後倒，還是出現您剛才所看到的結果。就法醫學的赤城認為，因意外而直接向正後方倒下，這件事本身就不太可能，因為人類通常會啟動自我保護的動作而轉動身體。」

「那他就是那樣反應了啊，所以就算俯臥也沒什麼好奇怪的。」

「屍體的後腦有撞擊的痕跡，您忘了嗎？」

「搞這種遊戲沒有意義，什麼事情都可能會發生。」

百合根火大了，他覺得自己不能再不出言反駁。

「很抱歉，檢視官，」這時候，菊川搶先開口：「我認為剛才的實驗非常有力。」

北森也說了：「對，我也贊成。從這個高度，向後跌落是不可能又滾動變成俯臥狀態。」

黑崎以身試險，證明了假設的不合理，萬一有什麼閃失，這樣做可是會出人命的，也許是這一點打動了兩位刑警的心。

百合根很高興菊川與北森伸出援手。

「胡說八道！」川那部檢視官說。「你們是故意不去看事實，事情很單純，就是人爬到矮梯上，後腦落地折斷了頸椎，不就這樣嗎？」

「才不單純。」赤城開口，所有的人視線都集中在他身上。

川那部也死盯著赤城。赤城從外套的內口袋取出一張文件，朝川那部遞出來。

「解剖報告顯示屍體頸椎第三與第四節的右橫突起側有壓迫性骨折，第四節脫臼，我想你應該知道這意味著什麼。」

川那部皺起眉頭，回答：「頸部曾經扭轉。」

「沒錯。如果只是後腦著地，不會發生這種骨折。」

川那部啞口無言，看著赤城。

「外面好像有人來了。」翠說，「至少有三個。」

百合根豎起耳朵。

過了一會兒，門外傳來說話聲。正如翠所預告的，好幾個人在門外，當他們還在大老遠的地方低聲細語時，翠的耳朵便已經捕捉到他們的聲音了。

北森使了一個眼色，佐分利便走出客廳，打開大門。

「有什麼事嗎？」

佐分利開口問，接著是另一名男子的聲音回答：

「還什麼事咧！你們是警察嗎？我住樓下，聽到好大的聲音把我嚇醒。大半夜的，你們在搞什麼？」

接著，又傳來一名中年女子的聲音：

「我是住隔壁的，全家人都嚇了一大跳。」

接著是滔滔不絕的抱怨。

翠對川那部說：「這是這場實驗的第二個目的。」

「妳說什麼？」

「如果細田先生是從矮梯上摔死的話，隔壁和樓下的鄰居不可能沒有聽到任何動靜。」

川那部咬緊牙根說：「那，妳說究竟是怎麼回事？」

百合根再也無法忍耐，說：「這還用說嗎？是他殺啊。」

川那部瞪了百合根一下，然後別過視線。百合根趁勝追擊地說：

「接下來，我們要以他殺的方向來偵辦，長官同意嗎？」

川那部不肯看百合根，氣呼呼地說：「看樣子也只能如此了。」

青山打了一個哈欠，說：「吶，我可以回去了嗎？」

「要以他殺來辦，目前的人力無法因應。」

黑崎以身試險的實驗翌日，一大早來到目黑署的川那部這麼說，

「必須成立專案小組。」

百合根認為他說的沒錯，謀殺案要成立專案小組來偵辦，這在百合根心中已是常識。

「沒這個必要。」青山說。

他這句話讓百合根吃了一驚。

「沒必要？」川那部檢視官問青山，「為何？」

「因為有轄區的警署和我們就可以了。」

川那部盯著青山看了好一會兒，然後說：

「也好，各單位一天到晚為了撙節經費吵鬧不休，一旦成立專案小組，就要花上不少費用。如果以現在的編制就能辦案，就讓我好好見識你們的本事。不過，限你們一週之內要破案。」

「一週！」菊川沉吟著。

「沒錯！及早破案是最高的原則。既然你們敢誇下海口，就代表有這個自信。」

今天早上川那部的態度感覺軟化了不少，百合根認為這可能是因為意外論被推翻，多少減低了他的氣焰。然而，青山對設置專案小組唱反調，看來又讓他對ST燃起了熊熊的競爭意識。

「好啊。」青山說，「一週是吧。」

「要是一週破不了案，這個案子就由本廳的搜查一課第二小組接辦。」

第二小組便是以接辦案件聞名，這話的意思是說要將案子從目黑署抽走。都投注了這麼多心力，功勞卻不記在自己署裡，北森一定無法接受吧。北森那張令人聯想到文樂人偶的臉，微微抽動了一下，顯然對事態這樣的發展很不滿。

「好啦，」青山說，「既然這樣，就沒時間磨咕了。」

百合根點點頭：「我們出去打聽消息吧。」

「有件事要拜託你。」赤城對北森說。

「什麼事？」北森仍是一臉若有所思。

「我想請鑑識科幫忙。」

「鑑識？初步搜查的時候已經清查過現場了啊。」

「報告我看過了，基於昨天的實驗，我想找新的物證。」

「什麼物證？」

「找到了我會報告。」

北森無所謂地點點頭：「好，我來安排。」

赤城對百合根說：「因為這個狀況，我今天要到現場去。」

「好。我們先去TBN吧，必須見見板垣製作人。」

「我繼續去搜查目擊情報。」菊川說，「既然是他殺，問問題的方向也就不一樣了。」

佐分利突然說：

「不是應該要請示檢視官嗎？既然是偵辦他殺命案，就更應該這麼做。」

看來這個年輕人滿腦子就只想加分，這種想法就像是上班族想依附權力派一樣。警界是赤裸裸的階級社會，這也許是一種聰明的生存方式。

然而，百合根早就有所領悟。

在警界，現場主義比階級更現實，在現場派不上用場的人，無論再怎麼拍上司馬屁，也沒有人會理你。

佐分利總有一天也會明白這一點吧，百合根也只能這樣期待了。

「你想去請示就去吧。」

北森冷冷地說。佐分利吃驚地看著北森。

「我們要以我們的方法去做。」

北森站起來，朝門口走去。

TBN原本位於乃木坂，但隨著臨海地區的發展，遷移到港區港南。電視台無不遷往臨海地區，以至於這一帶有電視台銀座之稱。

其建築嶄新又巨大，從正面看有如一團藍色的玻璃，裡裡外外都光潔亮麗，地板看似大理石，但搞不好是貨真假實的大理石，大門有如高級飯店的大廳，在在都使得青山感到不自在。

但是一踏進製作樓層，青山就開始生龍活虎起來。建築本身嶄新摩登，但裡面一張張辦公桌亂得不能再亂，桌子與桌子之間堆滿了紙箱和節目使用的小道具、不知所云的吉祥物娃娃等等，毫無秩序可言。

板垣史郎的辦公桌位於製作樓層的一角，背對窗戶。

「是為了細田的事嗎？」

北森一表明來意，板垣便說，

「那不是意外嗎？還要調查什麼？」

板垣史郎完全就是電視台製作人的派頭，撐得起雙排釦細直紋西裝。深灰色的西裝、深藍色的襯衫、深紅色的領帶，配色新穎時髦，黑髮中夾雜白髮，看上去更加有型有款。相較之下，百合根暗自覺得自己的打扮實在是了無生氣。

「因為有非意外的可能性，」北森回答，「所以我們才到處向與細田先生有往來的人打聽消息。」

「非意外的可能性？」

板垣史郎挑起一邊的眉毛，那表情真像好萊塢演員，百合根心想。

「方便找個安靜的地方談談嗎？」

百合根等人佇在板垣的辦公桌前。

「有必要嗎？就是形式上的問話吧？」

「但願如此。」

板垣史郎皺起眉頭看北森，又看百合根，再看青山。青山沒理板垣，他正滿懷好奇地環視著整個製作樓層。

「我也有我的工作要做。」

板垣史郎百般不願。然而，北森絲毫不以為意，百合根忍不住覺得內疚，但身為警察，若要顧慮對方是否方便配合問訊，根本什麼事都不必做了。

「真沒辦法。」

他喊了坐在附近的一名女性，要她準備一個空房間。

他們被帶到一間小小的會議室，那裡有一台大螢幕，完全就是電視台會議室的格局。一行人圍著橢圓形的會議桌就座，板垣便說：

「好了，你們想問什麼？」

北森問：「你和細田先生是什麼時候認識的？」

「這個嘛……」板垣將椅子往後推，蹺起了腳，「從我在當節目導播時就認識了，所以前前後後有十五年吧。那時候，他在一家大製作公司擔任製作，不斷做出叫好又叫座的節目，是我想和他合作，主動去認識他。」

進了會議室之後，青山又開始顯得焦慮，應該是整潔的室內環境所致。

北森繼續發問：「最近也密切往來嗎？」

「是這樣沒錯。」

「你們大約多久見一次面？」

「在我們這一行，再怎麼要好的朋友也不會定期見面，有時候一整年都碰不到，有時候幾乎每天都會見面。」

「是你把節目發包給細田先生的製作公司？」

「這是常有的事，我常和他們合作。」

「你知不知道有誰對細田先生心懷怨恨？」

「怨恨？」板垣的表情好像聽到什麼笑話似的，「簡直就像在調查凶殺案嘛！」

「嗯，是的。」北森坦然回答，「我們正是在調查凶殺案。」

板垣放下蹺起來的腿，把椅子朝桌子拉近，雙手互握，放在桌上，看著北森說：「這麼說，細田是被殺的囉？」

「我們是這麼認為的。」

「我可以叫新聞組過來嗎？別家電視台應該還不知道吧。」

「記者來了，我們什麼都不會透露，還是麻煩你回答問題。」

「我怎麼能眼睜睜地錯過這獨家報導的機會，真不知新聞組之後知道會怎麼說。」

「請問你知不知道有誰對細田先生心懷怨恨？」

北森重複了一次問題，板垣便一副掃興樣，回答：

「做這一行嘛，嫉妒他的人一定很多，但是說到怨恨，我就不知道了。」

「關於這次的節目……」

「《怪！鬧鬼公寓 靈媒大戰不明惡靈》。」

「啊？」

「這是節目的名稱。」

「決定節目來賓的，是誰？」

「大家開會決定的。」

「那可以請你說一下決定要請安達春輔和水木優子這兩位挑大梁的經過嗎？」

「這個企畫本來就是想找安達春輔除靈才開始的，所以沒有安達春輔節目就不成立。」

「那麼水木優子呢？」

「她啊，開會的過程我記不得，大概是她配合度很高，所以就這麼定下來了吧。」

「有人說是你決定找她的。」

「是誰說的？」

「不好意思，現在是我們在發問。」

「事實並非如此。」

「只要問問參與會議的工作人員就知道了，請說實話。」

「我不知道你這問題有何用意，水木和細田的死有什麼關係？」

「我們聽說你和水木優子過從甚密。」

板垣一臉苦相：「那是無稽之談。」

「是嗎？這也是從旁佐證就一清二楚了。」

板垣板起臉：

「你們這是在探聽藝人的八卦嗎？警方竟然對這種事有興趣，也太離譜了。」

「若不是和命案有關，我可沒興趣。」

「你們給我聽清楚，說什麼我和水木優子關係密切並不是事實。確實是有這種傳聞，但事實上並非如此。」

「我明白了。」北森說，「再向你請教一件關於水木優子的事。」

「什麼事？」

「細田先生與水木優子，他們兩人以前曾經交往過，這件事你知道嗎？」

「知道。」

板垣答得很乾脆，百合根倒是有點驚訝。

北森問：「你明知道，還把這次的工作指派給水木優子？」

「這是兩回事，藝人要和誰交往我才不管，更何況我剛才也說過了，要用水木優子是開會決定，並不是我安插的。」板垣非常不高興地說。

「我們必須向貴電視台的人確認這件事。」

「隨便你！」

板垣看了看時間，可能是有什麼事，或者他正表示出談這些事根本是在浪費時間。

「他沒有說謊。」青山說。

百合根不禁朝青山看，北森也轉向青山。

「説謊的人多有一堆邏輯的空殼，但這個人沒有。用一句話概括，他根本不在乎水木優子。」

板垣看了看青山説：「看樣子，至少還有一個腦筋清楚的人。」

「吶，我們回去了啦，我們得到八爪魚製作公司去安排作法儀式。」

板垣似乎被勾起了興趣，問青山：「怎麼？要作什麼法？」

「安達春輔説他要幫八爪魚製作公司的人作法，因為細田先生是遇上靈障而死，不作法的話，對參與拍攝的工作人員會有不好的影響。」

「哦！可以讓我們把過程拍下來嗎？」

「節目不是已經拍完了嗎？」

「還要拍棚內的部分，也可以追加使用，我們正在考慮要做第二集，不過當然是第一集收視好才有。如果要拍第二集，內容當然必須更深入勁爆。」

「那你去問安達春輔啊。」

「就這麼辦。」

看樣子板垣是當真的。

北森冷冷地說：「很抱歉百忙之中前來打擾，謝謝你的合作。」

「你說他沒說謊？」一走出電視台大門，北森就問青山，「你怎麼知道？」

「剛才我不是說了嗎？說謊呢，只要被深入追究就必須一再說謊，換句話說，不知不覺真相的外圍就會形成邏輯的空殼，使主旨越來越模糊，所說的內容就無法用一句話概括出來。」

「你的意思我大概懂。」

「當然，這得要問話的人夠高明才行。」

「你的意思是在誇讚我嗎？」

「是啊。」

「這倒是蠻令人高興的。」

北森似乎是真的很高興，那張臉看起來更像人偶了。

「要是那對人肉測謊機也在的話，就更明確了。」

「什麼人肉測謊機？」

「哦，就是黑崎和結城那兩個人的組合。」百合根解釋，「黑崎的嗅覺非常敏銳，而結城的聽覺異於常人。人只要說謊就會緊張，一緊張就會分泌腎上腺素，體味會因為流汗而改變，心跳也會產生變化。黑崎能夠聞出體味的微妙差異，而結城則是能聽出心跳的變化。」

「怎麼可能！」

「一開始我也是這麼想，不過這是真的。」

「原來ST不是一般的科學家啊，昨天的那場實驗也是。」

「嗯，他們並不一般。」

在很多方面都不是。

百合根好想嘆氣。

11

見到千葉來上班，一郎鬆了一口氣。

他心裡有個念頭，以為千葉會帶著那些問題錄影帶消失無蹤，還好是他杞人憂天。

八卷把千葉叫去，告訴他已交派上原一件案子。

千葉點頭說：「細田先生不在了，沒辦法也只能如此。」

「你就暗地裡幫著他一點。」

「我會的。」

這段談話是發生在近午時分，一郎必須為上原的案子著手準備。

他很想知道千葉是否已將錄影帶交給警方。千葉絕口不提這件事，好像也沒有向社長報告。要問他嗎？但又覺得那樣就管太多了，他都說過「交給我」了。

警方來到製作公司時，一郎正在想這件事。

他記得他們，就是在命案現場對他問話的那些刑警，那個美得嚇人的年輕人也一起來了。美男子正在對八卷社長大聲這麼說。

「作法？」一郎聽到八卷社長這麼說。

一郎豎起耳朵聽他們在談什麼。

「對，」美男子說，「安達春輔說細田先生的死是鬼魂造成的，而且參與拍攝的工作人員恐怕也會受到不好的影響。」

一郎看了看八卷社長，八卷社長一臉厭惡：

「我不相信這種事，但被靈媒這麼一說，實在不怎麼舒服啊。」

「我想，所有參與拍攝的人員最好趁這個機會請他作個法。」

「可是實在好蠢。」

「TBN的板垣先生問，能不能把作法的過程拍下來。」

「板垣製作人嗎？」

「對。他說，他們在考慮要拍第二集，得拍更深入的內容。我想，他是想把安達春輔作法的經過拍下來。死了一名幕後人員，對節目而言可以引發不小的話題性。」

細田先生死了，節目會造成話題，這種事一郎從來沒想過。不，他一點也不願意去想。

一郎心裡這麼認為。

人們很容易惑於這位美男子的外表和語氣，沒注意到其實他平凡無奇的態度下，用字遣詞相當毒辣。

然而，八卷社長似乎不以為意，將注意力放在另一件事上。

「這麼一來就另當別論了，既然要出動到攝影機，那就是正式的工作了。」

「地點呢，我想就在那個現場比較好。」

美男子說：「安達春輔說他也必須作法除去房子裡的地縛靈。」

社長點點頭：

「那好吧，我立刻召開會議，安達春輔那邊，就由我這邊來聯絡。」

「日期確定之後，想請你通知我一聲。」

「為什麼？警方對作法有興趣？」

「我是對安達春輔有興趣。」

社長愣住了，他難得會出現這種表情。場面完全由美男子主導了。

「啊，我忘了說，」美男子說，「細田先生不是意外致死，應該是他殺。」

社長呆望著美男子，一副不明白他說了什麼的樣子。

那個大眼睛的中年刑警補充道：

「是的，我們已經朝這個方向展開偵查。」

社長好像終於理解對方的話，說：「他殺？」

一郎也很吃驚。

警方知道事情不是意外，是千葉去通知警方的嗎？一郎很想確認。

警方一行人離開了之後，一郎猶豫了一下，悄悄走出辦公室，見他們一行人正在等電梯。

「請問。」

一郎一出聲，三個人幾乎同時回頭。

大眼睛的中年刑警說：

「我記得你是八爪魚製作的AD戶川一郎先生對吧？」

「是的，有件事想請教一下。」

「什麼事？」

「請問細田先生是他殺，這是真的嗎？」

「我們認為不無可能，正在調查。」

「這麼說，那個……」

一郎遲疑著，不知該怎麼問，刑警默默看著他，一郎鼓起勇氣問：

「是因為千葉先生把錄影帶的事告訴你們嗎？」

「錄影帶？」大眼睛的中年刑警先是一臉詫異，接著很快精明地說：

「拍到什麼了嗎？」

原來警方不知道啊！一郎很後悔，他覺得自己好像背叛千葉，但是話都已經出口，面對警察又不能裝傻。

「最後一卷，少了一段。」

刑警顯得更加訝異。

「你的意思是？」

「那時候，一般攝影機和夜用攝影機兩部同時在拍，可是兩部的錄影帶影像都不是連貫的，也就是說有個地方跳過了。」

「這意味著什麼？」

「有人曾經停下兩台攝影機，後來又打開了。」

刑警的神情轉為嚴肅。

「當初我們在現場也曾經請千葉先生提供錄影帶給我們調查，但千葉先生說他要趕著進行剪接作業，直接拒絕了。」

一郎不知道這件事。

也許，千葉有他的考量。

然而會不會在那時候，千葉已經知道錄影帶「少了一段」？若將帶子交給警方，就會被知道有人曾經將攝影機按停，或是曾將帶子倒回去。換句話說，會讓警方知道細田是被人殺害的。

如果是這樣的話，答案就已呼之欲出。

證明了兇手是千葉。

一郎這時候才開始不知所措。

刑警說：「那卷錄影帶現在在哪裡？」

「我找不到，也許在千葉先生那裡。」

「看樣子，得再去你們辦公室打擾一下，和千葉先生談談了。」

12

百合根因為意外的發展而頭腦一片混亂。

千葉打從一開始就拒絕將錄影帶交給警方。

現在那卷錄影帶少了一段。理由很明顯，不是怕犯案時聲音被收錄在內而停止了攝影機，就是將犯案時聲音被錄到的部分倒轉，在那一段上重錄蓋過去。

有必要這麼做的，只有殺害細田的兇手。

他們在剪接室問話，發問的照例是北森。

千葉坐在剪接用的椅子上，請百合根等人坐鐵椅。一坐下，北森便說：

「聽說有一卷錄影帶影像少了一段。」

千葉沉著地應對。

「是的。」

「那是行凶時也正在拍攝的錄影帶吧？」

「是的。」

「命案隔天，我們曾請你讓我們看錄影帶，但是你拒絕了，是因為你早就知道錄影帶的影像少了一段嗎？」

千葉搖搖頭說：「不是，原因我當初說過了，是因為交稿在即以及為了守護報導的自由，更何況當時警方不是說細田是意外死亡嗎？既然是意外，應該就沒有查看帶子的必要。」

「事情有了轉折，現在我們認為這是一樁殺人命案。」

「這我剛才聽說了。」

「你在案發前，曾被好幾個人目擊與被害人發生過爭執。」

千葉大大地吸了一口氣，然後緩緩吐出來，似乎是叫自己冷靜。

「警察先生，我知道你想說什麼。我和細田的確合不來，也發生過好幾次衝突，然後又私藏了證明是命案的帶子，所以說我是嫌犯吧。」

「我們沒有這麼說，」北森說，「我們只是想知道真相而已。」

百合根覺得北森的這句話言不由衷，他一定也懷疑千葉。

「我也一樣，想知道真相。」

「關於錄影帶，你是什麼時候發現影像少了一段？」

「在剪接作業的後半，我正在檢查攝影機是否捕捉到靈異現象的時候。」

「為什麼不馬上與我們聯絡？」

「我希望有時間思考。」

「有時間思考？」

「兇手曾碰過影錄機，這就表示兇手很有可能是我們公司的人，不是嗎？」

「包括你在內。」

「對，」

千葉說，「包括我在內。」

青山問：「拍到靈異現象了嗎？」

千葉似乎大感意外，看著青山。

「你們認為可能會拍到什麼，才開著攝影機錄的對吧？結果呢？」

「拍到疑似有光影從鏡頭前閃過，我利用剪接把這些畫面串起來，但是不是靈異現象就不知道了。TBN那邊是附上暗示這就是靈異現象的旁白和字幕，再叫棚內的藝人發表評論。」

「你交給TBN的應該不是完成版吧。」

「不是，他們要的只不過是話題的素材，TBN接下來應該還要利用我們拍到的影像，在攝影棚內錄節目。」

所謂的完成版，是完成原版帶的業界用語，意指影像和配音的完成品。百合根心想，青山會知道這種用語，真像他的作風。青山的興趣廣泛，遍及各個領域。

「原來如此，板垣先生可能打算拍攝安達春輔作法的那一幕，用在最後的棚內攝影。」

千葉點點頭。

「八成是這樣。」

「那你覺得從鏡頭前閃過的光是什麼？」

「有很多可能，簡單來說是雜訊，首先是光學上的雜訊，某種東西反射了光線，被攝影機捕捉到了，很多時候是昆蟲翅膀所反射的光線，也或者是電子雜訊，因為攝影機有些部分是電子製品。」

「不是靈異現象啊。」

「如果是就好了。」

北森插進來繼續發問：「影像中斷了多久？」

「不知道，因為帶子一直拍到最後。」

北森略加思索，然後說：「你的意思是？」

「有三種可能。一種是錄影機暫時停止，又再開始，不然就是倒帶再拍，第三種是一加二的狀況。」

百合根在腦海中將他的話重複了一遍，加以確認，好歹自己也使用過家用攝影機。

千葉繼續解釋：「第一種情況，要從剩下的帶子得知攝影機停了多久是不可能的。換句話說，第三種情況也一樣。第二種情況，也就是倒帶後馬上又再拍的情形，有時候可以從帶子的剩餘量來推測中間缺少的時間，只是這是有條件的，就是要知道攝影開始和結束的時間，以及帶子必須沒有拍完。」

「理論上是這樣沒錯。」青山說，「這次，我想這些條件都很明確。你在深夜兩點去換了帶子，然後凌晨五點左右，AD去回收帶子，一卷帶子可以拍三小時對吧。」

千葉點點頭。

「對。帶子長三小時，我去換完帶子之後，到戶川去回收，大約三小時，這就表示，中斷的影像，或是被蓋過的影像，有幾分鐘，或者更少一點，也許是一、二分鐘。」

「一、二分鐘要犯案，可能有點難。」北森說。

百合根也這麼覺得，並不是絕不可能，但相當困難。如果是五分鐘，可能性便大增，五分鐘其實是相當長的。

千葉小小地聳了聳肩。

「所以我才說，不知道確切是多久。」

「請問，」百合根問千葉，「用來拍攝的錄影帶，不是會記錄時間嗎？看那個不知道嗎？」

「你是說時間碼嗎？那個只會記錄帶子拍了多久，攝影機停下來，時間碼就會跟著停止，倒帶的話，時間碼也會跟著倒回去。換句話說，時間碼被設定成不管攝影機停了，還是帶子倒帶，都會連續記錄。」

百合根回想起家用攝影機的時間顯示，的確也和千葉說的一樣。換句話說，無法從時間碼得知空白的時間有多久。

北森說：「錄影帶可以交給我們嗎？」

千葉思索了一會兒。然後他說：

「既然是偵辦命案，就沒辦法不交出來了吧。我若拒絕，你們會再帶著搜索令來吧？」

「是的。」

「但是，外行人可能找不到是哪裡少了。」

「警方也有影像專家。」

「既然都有時間碼了，」青山說，「千葉先生直接告訴我們是哪裡不就好了嗎？」

「我沒有義務幫忙你們到這個地步。」

青山感到意外，說：「你同事被殺了吔，我還以為你會主動幫忙。」

千葉一語不發地看著青山。

北森說：「這裡也有剪接器材。怎麼樣？就像他說的，能不能請你在這裡播放帶子，告訴我們是哪裡？」

「真拿你們沒辦法。」

千葉走出了剪接室，回來的時候，手上拿著一個側背包，那個背包裡面有兩卷錄影帶。

他先播放了其中一卷，百合根也盯著顯示器看。千葉將帶子快轉，畫面是漆黑的，只隱約看得出一絲外面的燈光從陽台那邊照進來，畫面看起來完全沒有動靜。不久，千葉把快轉換成一般正常的播放。

「就是這裡。」千葉說。

百合根定睛細看，但看不出影像少掉一段的樣子。

「要不要倒回去重看？」

千葉這麼說，不等他們回答，便將錄影帶倒轉再播放。

「請仔細看陽台，有繩子或是其他東西的影子在晃動吧。這裡有一段，那個動作不連貫。」

千葉說的沒錯，繩子的影子有一瞬間，動得很不自然。

百合根把那個地方的時間碼，也就是時間顯示抄下來，北森也同樣做了筆記。繩子的影子微微地晃動，千葉光憑這一點就發現了影像斷掉，所謂的專家果真不可小覷，百合根心想。

接著，千葉又播放另一卷帶子，這次和剛才不同，是偏白的畫面，感覺就像整個都是雜訊似的，大概是夜視攝影機拍的影像吧。

「這個比剛才的稍微容易認一點。」

然而，對百合根而言，根本沒有兩樣。

「可是，虧你看得出來。」

百合根說。千葉回答：「其實，我不是靠影像發現的。」

「怎麼說？」

「是因為聲音。」

「聲音？」

「聲音很輕很輕，但是我聽到類似關門的聲音，很像鐵門關上時發出『卡啷』一聲。對，可能是關那間房子大門的聲音，我覺得奇怪，仔細看顯示器，這才發現的。」

「關門聲？」百合根說，「會是細田先生來到公寓的聲音嗎？還是……」

「這個我就不知道了，查出這件事，是你們警察的工作吧？」

百合根覺得自己問了個很蠢的問題，感到丟臉。

「說的也是。」

「這卷錄影帶，搞不好出乎意外地有用哦。」青山說。

「意外地有用？」北森問青山，「什麼意思？」

「他不是說聲音嗎？」

「對喔，」百合根說，「我們有翠！」

「她的耳朵好得嚇死人。」

「嗯，可能會從中找到什麼。」

北森對千葉說：「那麼，可以把帶子交給我們嗎？」

千葉閉緊了嘴，瞪著北森，把兩卷錄影帶遞給他。

從千葉那裡拿到的錄影帶是數位訊號（Digital Betacam）的母片，百合根決定在科警研分析。

翠、赤城、山吹、黑崎四人應該都與鑑識人員一同到命案現場去了，百合根打電話給翠，要她到科警研。

「哦，明明都是警察機構，氣氛卻大不相同啊。」北森說。

「你第一次來科警研嗎？」

「第一次啊，就連本廳也難得有機會去。」

百合根交代負責影像處理的人員準備好錄影機，來到ST室。

北森看到青山的辦公桌，眼睛睜得好圓。

「這樣能工作嗎？」

青山坦然說：「不這樣就沒辦法工作。」

百合根連忙加以解釋：「青山有秩序恐懼症。」

「那是什麼？」

「就是對所有的秩序感到不舒服，在整理得有條不紊的地方會坐立難安，好像是一種極度潔癖的反動。」

「還真是奇特啊。」

這時候，百合根桌上的電話響了，是櫻庭所長打來的，看樣子是不知從哪裡嗅出百合根回來的氣息。

「你來一下。」

百合根掛上電話，對北森說：

「可以請你在這裡等一下嗎？其他組員應該很快就會回來了。」

北森說：「當然沒問題，我請他幫我上一堂心理學好了。」

看來，北森相當喜歡青山。

「現在斷定是凶殺案了嗎？」櫻庭所長心情很好。「川那部那傢伙本來說只是意外。」

「嗯，是的。」

百合根應所長要求，說明了整個經過。

「嫌犯呢？」

「還未鎖定。」

「兇手就在參與這次拍攝的人當中吧？」

「多半如此，因為知道攝影機一直在拍攝當中，一度關掉或倒帶的人，應該就是兇手。」

「既然如此，自然就能鎖定對象了吧。」

「我們正全力調查中。」

「記者會是明天上午嗎？」

「我想應該會安排在那個時間。」

「嫌犯也包括了那個叫什麼來著的藝人和靈媒？」

百合根略加思索之後回答：「應該是。」

青山對安達春輔顯得出異常好奇，且應該不純粹是好奇，他會如此堅持，其中必定有什麼含意，也許他認為安達是嫌犯。

「這下媒體有得報了，光靠目黑署壓得住嗎？」

「只能盡力了。」

「叫川那部處理。」

「啊？」

「他不是很想主持這個案子嗎？」

「是啊。」

「給他點事做，多少會安份一點。設計一下，讓他心甘情願去應付媒體。」

「是！可是要怎麼做？」

「這麼點小事，你自己想吧。」

百合根一回到ST室，所有的人都到齊了，ST全員和菊川、佐分利都在。菊川與佐分利站著，北森則是坐在青山座位旁那個空桌的椅子上。

百合根一回座，便對赤城說：「有什麼發現嗎？」

「一如預期，什麼都沒有。」

「啊？」百合根無法理解赤城的話，「可是，你不是帶著鑑識人員去找東西嗎？」

「有些東西就是要找不到才能證明。」

「可以麻煩你詳細說明一下嗎？」

「我想找的是檢體碰撞頭部的痕跡。」

「麻煩不要說檢體，請說屍體或被害人。」

「總之，沒有找到頭部碰撞過的痕跡。被害人的頭髮上塗有髮蠟，會造成那麼大的腫塊，可見得頭部是遭到猛烈的碰撞，碰撞處應該會附著髮蠟、頭皮的油脂或毛髮等物，然而現場卻沒有這些痕跡，地板和牆上都沒有。」

「意思是？」

「至少，被害人不是在那間房子裡撞傷頭部的。」

繼赤城之後，菊川說：

「假如被害人是在那裡受到足以折斷脖子的強烈撞擊，當然會發出不小的聲響，同棟公寓裡沒有人聽到是很不自然的，就和昨晚在那裡做的實驗一樣。」

「這就意味著。」百合根說，「命案現場不是那棟公寓？」

菊川點點頭。

「是的。」

「無論如何，」赤城說，「我料想地板上找不到撞擊頭部的痕跡，於是預設也許能在牆上找到。」

「牆上？」

「就是說，那個腫塊與死因沒有直接的關聯，很可能是後腦遭到大力撞擊，暫時昏倒。被害人昏倒後，兇手折斷了他的脖子，這麼一來也就不會發出太大的聲響。」

北森說：

「我就覺得錄影帶被跳過的時間太短了，如果只是把屍體搬進去，就說得通了。」

百合根對翠說：「那卷錄影帶。」

翠點點頭：「我聽說了，馬上就來看吧。」

翠要技術人員重播了好幾次。

包括百合根在內的ST組員，以及菊川等三名刑警，站在翠身後圍住她。

的確聽得到細微的鐵門關閉的聲音，那間房的門是鐵製的。

「停！」翠說，「可以了。」

百合根問：「知道什麼了嗎？」

「的確聽得到門打開再關上的聲音，之後還有人進屋來的腳步聲。」

百合根吃了一驚：「腳步聲嗎？」

百合根完全沒聽出來，不止百合根，在場的人應該都沒聽出來。

「腳步聲不止一人，應該是兩人。這兩個人的體重很重，不然就是兩個人一起拿著什麼很重的東西，因為走路的方式很不自然，應該是拿著很重的東西吧。」

「真是太驚人了！」操作錄影機的技師說。

「如果是我們來做，要取得這麼多的資訊，得先去掉雜訊，再用電腦解析，少說也要整整一天的時間。」

「請問。」北森難以啟齒般說，「這位小姐說的話，絕對可靠嗎？」

技師對北森說：

「那當然了！在這裡，沒有任何人會懷疑結城小姐的耳朵，她已經是活生生的傳說了。」

「那這就和屋裡沒有被害人撞到頭的痕跡吻合了，而且也與其他住戶沒聽到聲響的事實一致。換句話說，命案現場不是那間房裡。」

「更重要的是，」百合根說，「有兩個人的腳步聲，這就代表兇手不止一人對嗎？」

「沒錯。」

北森點頭，「這是非常重要的線索，不是單獨犯案，很有可能是聯手殺人。」

菊川說：

「有必要再次確認殺青宴後所有參加者的行蹤，還有彼此間的關係，這當中有人說謊。」

「就結果而言，」青山說，「安達春輔也說謊了，被害人不是因為靈障而死，是被殺的。」

「這也要查，」菊川說，「一切重來。」

他的臉上顯露出疲憊，畢竟從昨晚，正確地說是從今天天沒亮就一直辦案，想必是累了。

百合根也累了。

這裡沒有一個人不累的，然而他們必須撐下去，川那部要他們在一週之內破案，就算為了賭一口氣，他們也想在一週之內鎖定嫌犯。

「我想辦法找組裡其他人來幫忙。」

北森說，

「要把問話的範圍擴大到辦殺青宴的『颱風』一帶。」

「人手不夠啊。」佐分利說，「還是應該像川那部檢視官說的，成立專案小組才對。」

「ST的人是要把功勞給我們。」

北森難得一臉怒氣地說，

「而且還為了我們拚命幫忙，你沒看到那個人從矮梯上往後摔嗎？那種事可不是隨便就做得到。」

北森指著黑崎。

佐分利一臉傻相，也許還沒發現自己說錯話了。

「我們要贏。」

北森說，「要立下功勞，你要是沒這個幹勁，就別幹刑警了！」

佐分利啞口無言地看著北森。

「好，時間有限，」菊川說，「我要再去打聽消息，你有幹勁就跟來。」

菊川走向門口。

佐分利一副不知如何是好的樣子呆立在那裡，但一看菊川走進走廊消失了身影，便趕緊追了上去。

13

目黑署的刑事課前有一陣小小騷動。因為副署長這天早上召開記者會，說明細田之死為他殺，正展開搜查。

「媒體吵成那樣，去處理一下。」

在那個充滿汗臭味的房間裡，川那部檢視官皺著眉頭說。

「檢視官，」百合根以鄭重的語氣說，「拍攝靈異現象的過程中發生了命案，這是媒體最愛的議題啊，要安撫來勢洶洶的媒體，不是一件簡單的事。」

「再這樣下去，會妨礙辦案。」

「能不能請經驗豐富的檢視官伸出援手？」

「你說什麼？」

「我們實在應付不了，需要檢視官的協助。」

這種話連百合根自己都覺得肉麻，他深深懷疑，川那部很可能會看穿他想把應付媒體這種麻煩事推給自己的用意。

然而意外的，川那部倒是躍躍欲試。

「哼！對你們來說，要應付身經百戰的媒體，的確是負擔太沉重了些。好吧，我來處理。」

百合根鬆了一口氣，這下就暫時不會有川那部在一旁囉嗦，可以專心辦案了，而且說不定還可以成功牽制媒體。真不愧是櫻庭所長，他的判斷沒錯。

菊川已經帶著佐分利出去打聽消息，百合根與北森正要出門時，翠突然大聲說：「我想起來了。」

百合根嚇了一跳，問：「想起什麼？這麼突然。」

「走進那間屋裡的獨特的感覺。」

「那間屋裡？是指命案現場？」

「對。」

赤城對翠說：「對喔，妳說過妳有奇怪的感覺。」

「我覺得以前曾經有過那種感覺，終於想起來了。」

「是什麼？」

「MRI呀。」

百合根問：「MRI，妳是說醫院用來檢查的那個？」

赤城說：「核磁共振掃描。」

「對，我以前做過檢查，跟那時候的感覺很像。」

「MRI一如其名，是利用磁力與電波共振，由電腦感應來顯像，在強烈的磁場中，以電波照射患者的身體，體內的氫原子會產生共振，電腦感應後形成影像。可是……」

赤城一臉訝異，「患者應該幾乎沒有任何感覺才對。」

「我有啊。」

「原來如此。」赤城沉思，「翠耳朵很好，聽覺好可分為腦的解析能力佳，或是耳朵本身構造特別精巧這兩種，翠大概是兩者兼具吧。耳朵構造精巧，按理說三半規管也很發達，據說三半規管會對磁力產生反應。」

赤城又陷入沉思，過了一會兒，他開口對翠說：

「能弄到電磁波測試器嗎？」

「小事一樁。」

「馬上準備。」

百合根問：「你們究竟在說什麼？」

青山代替赤城回答：「其中一個謎就快解開了。」

「其中一個謎？」

「靈異現象。」

「靈異現象？」

「對。原來安達春輔真的在那間房子裡體驗到靈異現象。」

「什麼意思？」

「赤城會證明給大家看的，並且也會救安達春輔一命，再拖下去就來不及了。」

百合根不耐煩了：「你們究竟在說什麼？」

「抱歉，」赤城說，「再多給我一點時間，等到安達春輔除靈的那天，應該就會有明確的結果。」

說完，他站起來，翠好像也要一起出去。

「看來挺有意思的，」山吹對黑崎說，「你們要去現場對吧？我們也一道去。」

四人走了出去。

百合根再次因為不明白部下在想什麼而感到沮喪。

只有青山留下來。百合根問他說：「你不一起去嗎？」

「交給赤城和翠姊就行了，我對問話比較有興趣。」

「走吧。」北森說，「時間和人手都不夠，我們能多走一步算一步。」

他們前往TBN，繼續問話。

板垣製作人若與水木優子和細田是三角關係的話，極可能構成犯罪動機。無論哪個時代，男女關係的糾紛都在殺人動機中名列前茅。

然而，向其他人問話的結果，得知板垣製作人與水木優子，也許發生過幾次關係，並沒有深入的交往。

水木優子的確是頗受板垣製作人喜愛，然而他們彼此都只是玩玩而已，板垣另外還有好幾個喜愛的女藝人。

一個年輕導播說：「現在沒有以前那麼誇張了，不過電視台裡掌大權的人還是很吃香，像我們這種程度的，就很難有那種機會了。」

「吃香？」北森問。

「有職務之便呀，藝人吶，為了出名、為了留在這個圈子裡，都豁出去了，想盡辦法要接近掌大權的人。」

也就是說，青山是對的。

板垣製作人根本不把水木優子當一回事。

「只不過啊，」那個年輕的導播說，「水木優子怎麼想就不知道了。外遇啊，通常都會鬧得很難看。」

百合根認為這不重要。

問題在於，板垣製作人是怎麼看水木優子與細田的關係。不管水木優子與板垣之間是不是鬧得很難看，都不構成殺害細田的理由。

北森似乎也有同樣的想法，看樣子他準備結束問話。

年輕的導播繼繼說：

「而且，還會有搞不清楚狀況的傢伙冒出來。」

「搞不清楚狀況？什麼意思？」

「有人為了想討好板垣製作人，跑來打小報告，說什麼細田先生和水木優子復合了。」

百合根看著那年輕導播，說：「復合？這是真的嗎？」

「我不知道啊，只是剛好聽到而已。」

北森問：「是誰說的？」

「八爪魚製作的人啊。」

「八爪魚製作的人？」北森追問，「叫什麼名字？」

「我不知道他的名字，是個髮色染得很淺的年輕人。」

那就是上原了，百合根心想。

「那個染頭髮的年輕人，」北森問，「和板垣先生很熟嗎？」

年輕導播笑了：「怎麼可能，地位差太多了啦，他只是製作公司的小毛頭耶，一定是想撈個名號啦。」

百合根覺得他的說法很傲慢。

「欸，嫌犯是誰？」年輕導播的眼睛因為好奇而發亮，「難不成是我認識的人？」

「這個嘛……」北森說，「我還希望你能告訴我呢。」

「如果他的目的是想要撈個位子，這麼做不是反效果嗎？」

百合根對北森說，在他們與板垣身邊的十一個人分別談過，走出TBN的時候。

「你說什麼？」北森問。

「八爪魚製作頭髮染得很淺的，就是上原吧？他向板垣先生說，細田先生和水木小姐復合了，這樣不是反而會遭致反感嗎？水木小姐不是很得板垣先生的喜愛嗎？」

「他無所謂吧，細田是不是和水木優子復合，板垣都不在乎吧。」
「搞不好，」青山說，「未必如此。」
北森看著青山。
「怎麼說？」
「頭兒的疑問很有道理，可是上原也許成功達到目的了。」
「為什麼？」
「男人與女人的關係，並不是可以那麼簡單地劃分清楚，況且板垣製作人是那種控制欲很強的人。」
「你怎麼知道？」北森問了之後才想起，「啊，你是人物側寫的專家嘛。」
「電視台，是一種權力的象徵。在那家電視公司裡，板垣先生毫無疑問地是個掌權者，能夠在那裡出人頭地，就表示他權力欲望很強，而權力欲望強，就等於對別人的控制欲很強。」
「很可能是運氣好才冒出頭。」
「剛才那個導播不是說他有好幾個喜愛的女藝人嗎？那就是控制欲的象

徵。控制欲強的人，就算不執著於特定的人，但一旦喜愛的人想離開，他們是不會同意的。」

「那個導播可沒這麼說。」

「他那種人大概不會明白吧，我看他這輩子是不可能出人頭地的。」

「他身邊的人都說，不到外遇這麼嚴重。」

「控制欲強的人的特徵之一，便是他們大多都很重視家庭，很少不顧家庭在外花心。」

「這麼說來，」百合根說，「板垣製作人其實是會在意細田先生和水木小姐復合吧？」

青山說：「所以才故意讓她上這個節目吧？為了要確認他們兩人的意向。」

「他又沒有到拍攝現場，」北森說，「無從確認啊。」

「他有一個好用的狗仔不是嗎？」

「對喔，利用上原。」

「只是啊，」青山沉著臉說，「就像那個導播說的，很可能他搞不清楚狀況。」

百合根不明白青山這句話，北森似乎也是，他們兩人面面相覷。

一回到署裡，青山就莫名消沉。真難得，也許他在思索什麼吧，百合根心想。

川那部已經下班回家，一早就忙著應付媒體，肯定累壞了。

其他四名ST組員也回到署裡，他們在命案現場做了些什麼呢？百合根考慮著要不要問。

然而，在百合根開口之前，菊川他們回來了。一回來菊川便說：

「我們得到了一則值得注意的情報。」

「什麼？」北森問。

「行凶時刻，有人看到大樓的客用停車場停了一輛箱型車。」

「那又如何？」

「箱型車的特徵，與八爪魚製作的車一致。」

「有證據可以證明那就是八爪魚製作的車嗎？」

「沒有。」

北森大大吐了一口氣。

「那就沒辦法了，同樣的車多的是，八爪魚製作的車子上也沒寫公司名稱不是嗎？」

「我知道，我們沒有確切的證據，但是要搬運屍體需要有車，如果那輛車就是八爪魚製作的，那麼就更可以確定兇手是八爪魚製作的人。」

北森一臉疲憊地點點頭：「再加上錄影帶的事。」

一切都是假設，百合根心想。沒有任何一件事是罪證確鑿。

「總之，」北森説，「今天就先解散吧，明天預定會多少加派一點人手，只要能多得到情報，應該就能更接近事實。」

這些刑警的臉上盡是疲態。

能回家睡覺，百合根滿心感謝。

青山打了一個大大的哈欠。

14

第二天早上，川那部檢視官似乎是最早出現在那個汗臭味小房間的人。

「好慢！」

百合根一來到那個房間，川那部劈頭便罵。

他精神還真好，顯然是應付媒體應付得相當起勁。

北森和佐分利也在，菊川和ST的人還沒來。

「案子有什麼進展？」

川那部問百合根，語氣簡直就像媒體代表。

「沒有什麼特別的進展。」

百合根答道。事實如此，百合根不認為案子有進展，目前只收集到一些片斷的資訊，還無法形成一個輪廓。

「你們還在磨咕什麼，我說過要一週之內破案，差不多該找出嫌犯了吧？辦案啊，找出其中的脈絡是很重要的。」

北森一臉這還用你說的表情，另一方面，佐分利則是專心聽講的樣子。也不知他是不是真的在聽，也許他只是做做樣子而已，百合根心想。

這時候菊川來了，不久ST的人也都到了。

青山從昨天晚上就一直一臉的不開心，好像有什麼心事似的。他究竟在想些什麼？百合根對於青山很好奇。

如北森所言，多了兩名刑警加入辦案，是目黑署刑事課的人。北森要他們再次清查八爪魚製作公司的員工在命案當晚的行蹤。

百合根與北森，則繼續昨天的人際關係調查，青山說他要同行。

赤城等人說要回科警研，翠要針對那卷錄影帶做進一步的分析，赤城好像也有事要調查，山吹與黑崎則是幫忙赤城。

雖然很想拉他們去打聽消息，但ST不是警察，他們有自己的任務。

正當眾人準備離開的時候，電話響了，佐分利去接。

「哦，作法？」佐分利邊說手上邊抄寫。

掛掉電話後，佐分利報告：

「是八爪魚製作的戶川先生打來的，說安達春輔作法的時間決定了。」
「什麼時候？」北森問。
「明天晚上，深夜十二點。」
北森眼睛睜得好圓：「幹嘛選那種時間？」
「應該是為了節目效果吧。」
「節目效果？」
「他們說要拍作法的經過。」
「原來是這麼一回事。」
「我們也去，」青山說，「我們得要在場才行。」
百合根連忙說：「沒有那個必要。」
「為什麼？和這個案子有關的所有人都會到齊耶。」
「正確地說不是所有人，」北森說，「板垣製作人恐怕不會來吧。」
「那就叫他來啊。」
北森皺起眉頭看青山：「為什麼？」

「因為他也是關係人。」

「胡說什麼。」川那部檢視官說，「作法?別胡扯了，辦案、辦案!」

「這可不是胡扯，關係人全都到齊，搞不好會很有趣。」

「哼!難不成是要當著所有人的面猜兇手是誰嗎?」

「你要的話，也無妨啊。」

青山說得很乾脆，百合根大吃一驚。

菊川和北森也一臉驚訝地看著青山。

「誇下海口啊。」川那部檢視官挑釁地說，「那好，我也出席，既然你說能當場指出嫌犯，那就來看看。」

百合根慌了，現在還不到可以指出嫌犯的地步，菊川和北森應該也是這麼想。

「青山，」百合根說，「最好收回剛剛的話。」

「小事一樁，」青山坦然說，「比起命案的嫌犯，我對靈異現象還比較好奇。」

戶川一郎因為被上原使喚而一肚子火。上原還不算正式升格為導播，在立場上，他們一樣都是AD才對，可是上原卻對一郎頤指氣使。雖然也不是什麼吃重的工作，不過就是為了猜謎節目到街頭採訪。

千葉的新案子開始動工了，是要補拍安達春輔。安達春輔將為參與上次拍攝的所有人作法，同時也要為那間房子除靈，千葉要拍的就是這些。

一郎完全被上原的案子綁住，因而千葉似乎打算在沒有AD的狀況下完成這份工作，他一心掛念著千葉。

是他把錄影帶的事告訴警方，這件事千葉也知道，畢竟帶子的事應該只有千葉和他知道而已，可是千葉對此卻什麼都沒說，這樣反而讓他很不自在。

直到現在，他對千葉還是有所持疑，儘管認為不可能，還是忍不住懷疑是千葉殺害了細田。他很尊敬千葉，千葉雖然冷漠、寡言，其實總是不動聲色地照顧別人，在工作上也毫不妥協，做出來的成品總是一流的，一想到萬一千葉被警方以殺人犯的罪嫌逮捕，他就好沮喪。一郎很後悔，早知道就不跟警方講錄影帶的事了。然而，事到如今也無可挽回。

明天晚上，安達春輔作法時一郎也必須到場，從社長到所有參與拍攝的人都必須經安達作法。會有機會和千葉交談嗎？一郎想要好好跟千葉談談，卻也不知道該說什麼。

儘管懷抱著沉重的心事，也只能做好眼前的工作。

「青山，你心裡已經確定誰是嫌犯了嗎？」

一離開目黑署，百合根便問。

「依照邏輯思考，答案不就呼之欲出了。」

「是嗎？」

百合根有火燒眉毛之感。

「吶，我想找水木優子跟她確認一件事。」

「我也正這麼想，」北森說，「那我們就走一趟吧。」

向經紀公司聯絡，他們說水木優子今天休假。去她家拜訪時，在大樓四周不時瞥見狗仔的身影，應該是八卦雜誌之類派來的吧。大樓採用的是自動門鎖，在大門口按了房號，透過對講機和她通話。

一表明是警方，她便說：「拜託放過我吧。」

他們當然不能就此打道回府。

北森說：「只要幾分鐘就好。」

過了一會兒，大門響起解鎖的聲音。

來到水木的住處，她一臉睡眼惺忪的模樣出來應門，身上穿著深藍色的居家運動服。老實說，百合根看到她那張臉，嚇了一跳，水木不僅沒有化妝，還眼神渙散，臉色非常差，眼睛底下黑眼圈很明顯，和前幾天前相比，好像一口氣老了十歲。

木水優子語帶不悅地說：「我現在宿醉得很厲害。」

前幾天見面時，她也說沒化妝，但當時比起此刻的她水嫩多了，現在這個樣子，彷彿她心裡有什麼崩潰了，明明上次她還顯得很堅強，難道細田之死對她而言終究是莫大的打擊嗎？

百合根在心裡想著。

她並沒有讓百合根等人進屋的意思，就開著門站著說話。

「聽說妳和細田先生復合了，是真的嗎？」青山單刀直入地問。

水木優子渙散的眼睛望著青山：「誰說的？」

的確有淡淡的酒臭味。

「問題不在於誰說的，而是這究竟是不是真的。」

「什麼復合，我根本沒那個意思。」

「細田先生呢？」

看就知道水木優子身體很不舒服。

「我哪知道，去叫安達先生把細田先生的鬼魂叫出來，問他本人啊？」

「哦，這個主意不錯，我會拜託安達先生的。」

水木優子皺起眉頭。

「我好想吐，你們問完了吧？」

「明天晚上，妳會來吧？」

「去哪？」

「明晚要錄影啊，安達春輔要幫前幾天參與拍攝的所有人作法，過程也要錄成節目。」

「去問我的經紀人吧。」

青山點點頭。

「那麼，到時候再見。」

門碰地一聲關上。

百合根問青山：「這樣可以嗎？」

「嗯，我已經確認完畢。」

「確認？到底確認了什麼？」

「我只是想看看她的狀況如何而已。」

「作法那天不就能看到？」

「那天她是去工作，工作時會戴上工作的面孔，那樣是沒有意義的。」

「原來如此。那你看出什麼了嗎？」

「她遇到了她處理不來的大問題。」
「細田先生的死對她的打擊應該很大吧。」
「對。就是這件事，讓她很自責。」
百合根依舊只看到片斷的資訊。
結束一整天的問話訪談，青山又是一臉憂鬱，像是在思索些什麼。
青山是觀察人物、洞察心理的專家，也許他確知了什麼，而這似乎讓他很沮喪。
至於那究竟是什麼，百合根不知道。
就算問了，他也不肯說吧。不，百合根覺得，現在不能去問青山，現在他的頭腦正在不同次元運轉著，正全神投入思考的混沌中，試圖在那片混沌中找出些許的跡象來。
百合根認為這是一件很神聖的事。
於是又過了一天，到了安達春輔要作法的日子。

攝影師已經扛好手持式攝影機準備就緒，導播千葉與他正討論每一個小細節。

燈光要由導播千葉與AD戶川一郎輪流來操作。

百合根望著警方出席的眾人。

菊川一副沒事做閒得發慌的樣子，靠牆而立；北森看來是提高警覺，準備應付臨時狀況；佐分利站在北森身邊，不時觀察著川那部檢視官的臉色，川那部則是老大不耐煩地站在房子中央。

ST幾個則聚在客廳門口旁，赤城雙手抱胸，倚著門附近的牆壁；翠照例一身露腿露胸的打扮，站在赤城旁邊；黑崎雖然是個巨漢，卻靜悄悄，努力不讓人注意他的存在；山吹則是悠然自得地看著室內的狀況。

青山和平常一樣，興趣昂然注視著在室內走動的每一個人，然而誰也不知道青山的興致什麼時候會消失，他很可能突然對一切都不再感興趣。

沒看到AD上原的影子，他開車去接安達春輔了。

房間地板上，處處都還殘留著鑑識人員畫的粉筆印記，最大的是照被害人描出來的人型。

TBN的板垣在陽台那一側，和川那部一樣顯得很不耐煩，忍不住開口說：「喂，還不開始嗎？」

千葉回答：「水木優子正在下面的車上梳化。」

「安達春輔呢？」

「應該快到了。」

板垣接著對川那部說：「警方為什麼叫我也要在場？」

「不要問我。」

川那部回答，他和板垣一樣不耐煩，兩人彷彿在比誰更不高興，同樣也是在比誰比較大牌。

百合根認為應該解釋一下，然而他也不知道緣由，因為說最好叫板垣也出席的是青山。

百合根朝青山看，青山發現了，但沒有想要解釋的樣子，百合根暗自嘆了一口氣。

「安達先生到了。」

上原出現在門口，解除了原先緊張的氣氛。

在上原之後現身的安達春輔照例穿著黑色高領毛衣和黑色西裝上衣。同樣的衣服不知道他有多少套，百合根茫然地想。

不久，化好妝的水木優子也出現了。百合根吃了一驚，她又恢復美貌，實在不敢相信眼前和昨天在她的住處見到的是同一個人。垂肩的栗色秀髮，在美髮師巧手之下，越往髮尾越顯得輕盈。大概是上了腮紅的關係，臉色看起來非常健康，光是有她現身，整個屋裡就亮起來，

專業藝人果然氣勢非凡。青山說過在工作的場合見到她也沒有用，現在百合根終於了解他的意思，假如不是去過她的住處拜訪，百合根一定無法想像她憔悴到極點的模樣。

「都到齊了吧。」板垣製作人說，「馬上開始，攝影機準備好了嗎？」

「請稍等一下。」千葉說，「讓我們做完最後的確認。」

「沒那個必要吧，一切就讓安達先生主導，攝影機只要有拍到就好。」

「了解，可是現場請交給我們來控制。」

看來千葉是那種無論對象是誰，該說的話就會直說的人，百合根很羨慕他。

百合根和北森對上眼，才想起自己的任務。

兇手就在聚集於這個屋子裡的人當中，雖然青山說他會指出誰是兇手，但不能把事情全都推給青山，自己必須也絞盡腦汁來推理。這次辦案，幾乎都和青山一起行動，青山看到聽到的，他也都知道。

千葉開始和安達春輔對稿。

水木優子站在一旁，聽兩人談話。

青山朝他們走過去。

青山在水木優子耳邊悄聲說了什麼，水木優子吃了一驚，轉過頭來看青山。

然後青山從她身旁走開，來到百合根一行人的旁邊。青山把百合根、北森、菊川三人叫過來，小聲說：「安達春輔一開始除靈，水木優子可能會有狀況。」

「有狀況？什麼狀況？」菊川問。

「還不知道，但一定會有。當她出現異狀的時候，有件事想請你們三位看清楚。」

這回換北森問：「要看什麼？」

「看她最先去看誰，這一點千萬別錯過。」

「看她最先去看誰嗎？」

菊川和北森都一臉訝異。

百合根也對這個奇特的指示感到困惑。

「這和兇手有什麼關係嗎？」

「應該有。」

青山說完，回到牆邊，開始看著安達春輔。

水木優子眼神不安地看著青山，青山卻沒有朝水木優子那邊看。

青山究竟用意何在？百合根百思不得其解。水木優子與安達春輔，以及八爪魚製作一干人，的確多多少少各有嫌疑，即便是TBN的板垣製作人，現階段也不能說完全沒有嫌疑。

青山的用意是將所有嫌犯齊聚一堂，使案情真相大白，這百合根能夠理解，然而他究竟要用什麼方法，百合根完全沒有頭緒。

「那麼，要開始拍了。」千葉說。

戶川一郎將燈高高舉起，打開。

「好，這就開始吧。」安達春輔說，「首先，我要對各位展開靈視，請一個個輪流到我面前來。」

首先站在安達春輔面前的是水木優子，她臉色發青，顯得很害怕。

百合根悄悄移動到ST眾人身旁，小聲問青山：

「你到底對她說了什麼？」

青山豎起食指，抵在嘴唇上：「噓，在錄影了。」

「川那部檢視官真的會服氣嗎？」

「我也不知道，只能靜觀其變。」

青山態度坦然，百合根卻擔心得不得了。

「啊！」

翠輕輕叫了一聲，百合根嚇了一跳，往那邊看。

其他的ST組員也看著翠。翠小聲對赤城說：

「那個感覺又來了，應該是電磁波。」

赤城點點頭，視線移往安達春輔，百合根也跟著往那裡看。

安達春輔的表情微微變了，水木優子還在他面前，他伸出右手按著自己的頭右側。

「頭好痛！」

安達春輔喃喃地說。聽到這句話，水木優子的臉上閃過一陣恐懼，她知道安達春輔的頭痛意味著什麼。

一感應到靈就會頭痛，他平日經常這麼說。

水木優子全身一震，雙手抱住自己的肩膀。

「安達先生，」她說，「到底發生了什麼事？」

「我感覺到靈的波動，越來越強。」

他的表情因為痛苦而扭曲。

翠不知何時手中拿著一個小小的、有個計量表的箱子，好像是某種偵測器，她悄聲對赤城說：「電磁波時強時弱。」

看樣子翠手上拿的是測量電磁波的裝置。

電磁波時強時弱？百合根在心中喃喃自語。

在這個房間嗎？這是什麼意思？那又怎麼樣？

安達春輔的聲音再度響起：

「是心懷怨恨的靈的波動，懷有強烈的恨意。」

他的聲音給人獨特的感受，強而有力卻又溫柔，令人忍不住會受到吸引。

「那是，」水木優子問，「這間房子的地縛靈嗎？」

安達春輔移動著視線，像是在透視著什麼。

「妳什麼都沒感覺到嗎？」

他的視線在半空中遊移，一邊問水木優子。

「咦？」

「靈強烈的波動，妳應該也感覺得到才對。」

「討厭！我都起雞皮疙瘩了。」

她是意識到有攝影機而這麼說的。

百合根也覺得怪怪的，真的有種頭部被按住的壓迫感。這時候，安達春輔獨特的聲音響起，突然屋裡變得好冷。不，百合根覺得不是他神經過敏，是室溫好像真的下降了，這到底是怎麼回事？這時，他想起曾經在電影《靈異第六感》裡出現的那句台詞：

「鬼魂出現時，四周的溫度會突然下降。」

百合根一陣戰慄，起了雞皮疙瘩，但卻不是因為冷。

嚇！

視野的左側好像有什麼東西在動，他的視線往那邊移動。

陽台。陽台外是漆黑的夜。

通往陽台的玻璃門外頭好像有什麼，百合根不想往那邊看，心裡有個聲音叫他不要看。

閉上眼睛，不要看啊！

然而，百合根的眼睛仍看向那裡，確確實實地睜開眼，注視著陽台外。

隔著玻璃看到了，一個飄忽不定、偏白的影子。

百合根當場僵住。

那東西看起來像白色的和服，不久便形成一名年輕女子的模樣，身穿白色和服的年輕女子隔著玻璃朝屋裡看。

百合根當下覺得有如冰水沖頭。

他的視線和那名年輕女子對上了。

「呃！」

百合根低聲驚呼，那是鬼魂，我看到鬼了！

他已瀕臨恐慌邊緣，差點就要驚聲尖叫，突然身體一震，原來是有人拍了他的肩膀，回頭看是赤城。

「沒事，」赤城低聲耳語，「是幻覺。」

「你也看得到嗎？」

「不，但我能想像發生什麼事。」

「妳……」安達春輔的聲音響起，「妳應該也看得到才對。」

他緩緩舉起右手朝陽台指，水木優子如被催眠般回頭。

「妳看到什麼？」

水木優子睜大了眼睛，握緊的手捂住了嘴，倒抽一口氣，注視著陽台。

「頭兒，快看水木優子！」青山小聲說。

水木優子看著陽台，似乎也看到什麼。

安達春輔冷靜地觀察水木優子，態度就像醫生觀察患者，這就是所謂的專業靈媒吧。

水木優子究竟看到什麼？她動也不動地注視著陽台的方向，握著拳頭捂住張開的嘴，視線飄了一下。

有狀況的時候，看清楚她最先去看誰，青山是這麼說的。百合根沿著水木優子的視線看過去，視線的盡頭是上原。

水木優子看到了什麼？而在這個當下去看上原又意味著什麼？百合根轉向青山。

青山仍是一臉憂鬱的神情。

「看到了吧？」青山像在教誨似地對水木優子說，「說說看妳看到什麼。」

水木優子看著陽台，開始微微搖頭。

從赤城說是幻覺的那一刻起，百合根就看不到那名年輕女子了。

然而，水木優子還看得見吧。

「細田……先生。」水木優子喃喃地說。

「細田先生？」

安達春輔說：「妳看到細田先生的鬼魂是嗎？」

她彷彿沒聽見安達春輔的聲音，依舊不斷搖頭，動作漸漸變大，然後大大吸了一口氣，下一瞬間，她尖叫：「不要！」

她想跑向門口，安達春輔擋在她面前。

「妳現在逃走，細田先生會跟妳一輩子。」

水木優子抵抗著，眼睛睜得幾乎快凸出來。

「不要、不要、不要、不要……」

安達春輔抓住她的雙手手腕。水木優子不斷搖頭，因恐懼而變形的臉看向陽台的玻璃門，接著她轉頭又去看上原，露出求救的眼神。

上原臉色鐵青。

「不要，我不要再待在這裡！」

水木優子整個人慌亂不已，幾乎要失常了。

「放開我！不要、我不要！」

攝影師依千葉的指示拍陽台，然後鏡頭又回到掙扎的水木優子身上。

「冷靜下來，我來和細田先生談。」

「不要！」水木優子抖了一下，縮起身體，看著安達春輔，「不行，不要跟他說。」

「不了解細田先生的心情，他就無法升天，會一直在人世間徘徊。」

「不要！」水木優子嚇傻了似地望著安達春輔，一味地重複同樣一句話，「不行。」

然後，水木優子看著攝影機說：「我受不了了，停！不要拍了。」

攝影師吃了一驚，眼睛離開觀景器，轉頭看向千葉。

千葉說：「把攝影機停下來，暫時停止拍攝。」

攝影師放下手持攝影機。

「幹嘛停？」板垣製作人說，「這畫面不是很有意思嗎？」

「她的樣子怪怪的，最好讓她休息一下。」

「那是鬼魂作怪吧，不就是要拍這個嗎？」

「不，看樣子，把我們找到這裡來不是為了除靈，其實另有目的吧？」

千葉朝百合根看：「我沒說錯吧？」

百合根無法回答，他還陷在有生以來頭一次親身體驗的靈異現象中走不出來。

青山代替百合根回答：
「沒錯，真正的目的是揪出殺害細田先生的兇手。」
「殺害細田的兇手，」板垣皺起眉頭，「你是指誰啊？」
「剛才，水木小姐已經告訴我們了。」
「優子說了？」
板垣轉頭去看水木優子。
水木優子總算漸漸平靜下來，但臉上依舊沒有血色，閉緊著嘴望向青山，百合根也驚訝地看著青山。
「那麼，」板垣說，「兇手是優子嗎？」
「這個嘛，至少她本人是這麼認為。」
在場所有人的眼光都集中在水木優子身上。青山說：
「水木小姐看到細田先生的鬼魂，不過那是幻覺，她會看到細田先生的幻覺是有原因的。」
「幻覺？」板垣說。

「對，今天在這裡應該有好幾個人體驗到靈異現象。」

百合根不禁環視四周，戶川一郎、佐分利和菊川都顯得不太冷靜，恐怕他們也看到什麼了吧。

「也許有人的表停了。」

聽青山這麼說，戴著表的人全都去看手上的表。

「啊！」北森說，「停了。」

戶川一郎說：「我的表也停了。」

百合根心想，原來世上真的是有靈異現象，今晚就親身體驗到了。

「對，」安達春輔說，「我感受到靈強烈的波動。」

青山對安達春輔說：「可是啊，那可能不是靈的波動。」

安達春輔那張能劇面具般的臉微現困惑之色。

「你說什麼？」

「靈異現象的原因，是電磁波的變化。」

「電磁波的變化？」

「關於這一點，請赤城和翠姊來說明。」

被青山點了名，翠說：

「測量這間房子電磁波的結果，最低一百五十毫高斯、最高二千毫高斯，變化非常大。二千毫高斯是相當於正常的一百倍，是很強的電磁波。」

赤城接著說：

「最先發現這間公寓有電磁波的是翠，而安達先生的頭痛也反應了電磁波的變化。」

「我的頭痛是反應電磁波？」

「我是醫生，無法將頭痛視為鬼魂、亡靈作祟。你說過，頭痛是你捕捉到靈異現象的徵兆吧？然而，頭痛一定有生理或物理上的原因。翠發現了電磁波，我認為這可能是誘因，於是加以調查，結果查出有學者正從事有趣的研究。」

「連學者的研究都搬出來了，」川那部檢視官說，「這和兇手有什麼關係？」

「我得要按順序說明。」

赤城看也不看川那部便說，「這位學者是加拿大羅倫西亞大學的腦神經學家，名叫麥可．帕辛格（Michael Persinger）。根據帕辛格的研究，電磁波不穩定，會影響人類大腦的顳葉，產生異常電流。顳葉是大腦主掌記憶的地方，當這個部分發生異常電流，會使過去的記憶化為幻覺出現。換句話說，這就是靈異現象的真相。」

「靈異現象是電磁波造成的？」安達春輔不以為然地反問。

赤城點點頭。

「在日本傳說會鬧鬼的地方測量電磁波，幾乎每個地方都測得出磁場不穩定。在這樣的地方，類比式鐘表會停擺，這也是受到電磁波的影響。」

「我覺得溫度下降了。」百合根說，「我聽說發生靈異現象時，溫度真的會下降。」

「這也可以用電磁波的變化來解釋，也就是電磁波冷卻現象。對目標物施放強烈的電磁波，目標物的溫度會上升，而將電磁波減弱，目標物便會向四周吸取熱能，使四周的溫度下降。」

翠接著說：

「這間屋子發生電磁波紊亂的原因，就是架在外面的電塔。」

「電塔？」菊川問，「可是，靈異現象只發生在這一戶啊？假如原因是電塔，其他戶應該也可能會發生。」

「這間房子正對著電塔。」翠回答，「而且是頂樓，這樣的環境最容易受到電磁波影響，即使是同方位，位在下面的樓層就離電線很遠，影響就少了許多。」

「順帶一提，」赤城補充說明，「國外的數據顯示，住在高壓電附近的人，罹患憂鬱症和精神耗弱的機率較高，這也可能是電磁波對腦部造成的影響。而這間屋子裡過去的確曾有人自殺，多半是對電磁波敏感。」

「你是說，」百合根說，「我們剛才體驗到的，是電磁波不穩造成幻覺？」

赤城點點頭：「是的。」

青山說：

「每個人看到的幻覺會不同，因為幻覺是來自於被喚醒的記憶。我想幻覺應該都是人最害怕的事物，於是我就在水木小姐耳邊小聲對她說了一些會喚醒她記憶的話。」

「喚醒她的記憶？」川那部反問。

「對。昨天我見到水木小姐的時候，她曾經說細田先生想不想復合得問他本人，所以剛才我就對她說，也許今晚可以直接來問問細田先生了。」

「那麼她是受到電磁波的刺激，看到了細田先生的幻覺？」

百合根這麼問，青山點點頭：

「對。細田先生之死，可能對水木小姐造成了很大的心靈創傷。可是呢，若只是如此，並不會慌成那樣。」

所有人又注視著水木優子。

她緊盯著青山，表情非常緊繃，接著是一段漫長的沉默。

終於，青山又開始說了：

「她之所以會看見細田先生，而且會那麼慌亂的原因只有一個，就是她認為是自己殺害了細田先生。」

「是嗎？」板垣製作人問水木優子，「是妳幹的嗎？」

水木優子的視線移到板垣身上，顯然她的緊張已經到達極限了。

忽然間，她整個放鬆，雙肩無力地驟然落下，大大吁了一口氣、視線垂下。最後，她悄然說：「我沒有殺他的意思。」

每一個人都靜聽她的話。

水木優子繼續說：

「離開殺青宴的餐廳之後，安達先生先上了計程車，只剩下我們兩個人，喝醉的細田先生就強把我拉到餐廳旁的巷子裡抱住我。我好生氣，把他推開，那裡有一道樓梯，細田先生一個沒站穩，就從樓梯上跌下去，然後，他就不動了。那是意外！」

川那部檢視官大大吸了一口氣：

「所以細田就是在那裡撞到後腦，折斷頸骨而死的嗎？」

「我真的，」她求情般說，「沒有殺他的意思。」

川那部問：「細田要求妳和他復合是真的嗎？」

水木優子點點頭：「真的，可是我不想。」

川那部檢視官看著北森說：

「無論如何，既然是意外，就不是謀殺，她沒有殺意。那就是過失致死了。」

青山說：「殺人的另有其人。」

川那部吃驚地看著青山：「你說什麼？」

百合根也很驚訝。剛才水木優子才說是她推開細田，以至於細田摔下樓梯，這應該就是死因。

百合根問：「那你說是誰殺的？」

「這也是她告訴我的。」

「什麼意思？」

川那部這麼問，青山回答：

「她看到細田先生的幻覺時，最先看向上原先生。」

「上原？」

川那部轉頭去看站在房內一角的上原。這次，所有人的視線都集中在上原身上。

上原嘴巴張得大大的，顯然對事情的意外轉折不知所措。

「等一下，」上原硬擠出笑容，「那又關我什麼事？」

青山回答：「那是在向共犯求救。」

「你幫幫忙好嗎？未免太會扯了吧？」

「這是犯罪者的心理，有些行動無論再怎麼掩飾也掩飾不了。」

「這又不能當作證據。」

「細田先生在『颱風』外面頭部受到強烈撞擊而昏倒，這點已經確認了。有人將昏倒的細田先生搬到這裡來，一個人是搬不動的，而且當時還在拍攝的錄影帶裡錄到了兩個人的腳步聲，其中一人是水木小姐，所以還有一個人。」

聽了青山的說明，川那部問水木優子：「是這樣嗎？」

水木優子似乎已經認命：「上原先生，已經瞞不過去了。」

上原慌了：「妳亂講！」
「是的，幫我把細田先生的屍體搬到這裡來的，就是上原先生。看到細田先生從樓梯摔下去就不會動了，我整個呆掉，這時候上原先生折回來，他提議說要布置成意外，所以我們兩個就把細田先生弄到車上，搬到這裡來。」
「車子，」菊川問，「是八爪魚製作的箱型車嗎？」
「是的。」
菊川若有所思地對上原說：
「換句話說，你沒有把車開回公司，你假裝回公司，其實是把車停在『颱風』旁邊，然後看到細田先生把她硬拉到建築物後面，你就下車趕過去，是不是這樣？」
「開什麼玩笑！那女的說謊，我才沒有搬運屍體。」
菊川說：「案發當晚，在被害人的推定死亡時刻，有人在這棟公寓大門前目擊到特徵與八爪魚製作的箱型車相同的車子。」
「同樣的車多的是。」

「這藉口聽起來很牽強啊。」
「我把車開回公司了，就算被看到的車子是公司的車，也不一定是我開的，有可能是別人開的。」
「時間不對。」青山說。
「時間？」
「對。假如你真的把車開回八爪魚製作，在水木小姐和細田先生發生衝突的時間，你是不可能趕得回來，而且八爪魚製作的其他人沒有殺害細田的動機。」
「千葉先生在拍攝期間和細田先生發生口角，他們平常就衝突不斷。」
青山搖搖頭：「發現錄影帶的影像少了一段，把這件事告訴AD戶川先生的，就是千葉先生，兇手絕對不會這麼做。」
「我一樣也沒有理由去幫這女人搬屍體。」
上原一這麼說，水木優子便瞪著他說：
「當然有，他想跟我在一起，以前我們曾經一起去喝過一次酒，那時候他就想追我。」

「原來如此，」菊川說，「他想在妳面前爭取加分啊。」

上原被逼入絕境，看上去像是不斷想找理由搪塞，但卻一籌莫展，最後只好豁出去地說：

「是啦，我是追過這女人，我是真心想和她交往。那天晚上，也是假裝先走，把車停在可以看見餐廳門口的地方，為的就是等她出來。我也看到她和細田先生爭執，我下車跑過去，看到她呆呆地站在樓梯上。往下一看，細田先生就倒在那裡，我想幫她，所以才把事情布置成意外，我只是幫忙搬屍體而已，人是她殺的。」

「不對，」青山說，「細田先生被搬進這裡時還活著。」

「你憑什麼這麼說？」

赤城代替青山說：「因為血腫，頭撞到的地方腫起來了。」

「腫起來？」上原一臉不解。

赤城說：「如果心跳停止，就不會形成血腫。換句話說，從『颱風』旁的樓梯摔下來撞到頭，細田只是昏過去而已，但是一旁的她卻以為細田死了。」

水木優子驚愕地睜大了眼睛，望著赤城：

「細田先生那時候還活著？怎麼會！」

「頭上的腫塊說明了一切。」

「換句話說，」青山說，「兩人把細田先生搬到這裡之後，有人動手殺了他，而這個人只會是上原先生。」

水木優子立刻轉頭看上原：「那時候，你叫我先回車上。」

「真的嗎？」菊川確認，「他要妳先回車上，獨自留在這裡？」

「不是我！」上原說，「這女人說謊！先回車上的是我，是她殺了細田，然後把錄影帶倒轉，企圖蓋過被錄下來的聲音。」

青山說：「說謊的是你吧。」

「你憑什麼這麼武斷？」

「水木小姐不知道當時攝影機還開著。」

「呃！」

上原大感意外，瞠目結舌。

「沒錯吧？」

青山問千葉，千葉點點頭：

「沒錯。我說要加拍的時候，她已經離開了，而且安達先生提議最好在無人的狀況下開著攝影機，是在更之後的事。也就是說，她不知道這裡的攝影機還開著繼續拍。」

上原張大了嘴，看著千葉。

青山更進一步說：

「我想就算她知道，她也不懂得怎麼將專業攝影機倒帶，然後再進行拍攝，可是對你這個影像製作公司的AD來說，應該再簡單不過了。你啊，看到安達先生拋在半空中的紙人脖子破了，就弄斷了細田先生的脖子，企圖編出因靈障意外死亡的劇情。」

上原無言地望著青山。

「你一心想把水木小姐據為己有，我猜你從很久以前就是她的粉絲了吧。你知道她曾經和細田先生交往，現在又和板垣先生在一起，所以你才會接近板垣先生，告訴他細田先生想和她復合，真是搞不清楚狀況。在板垣先生心裡，他們根本不算在一起，他們兩人傳的緋聞，只不過是空穴來風。」

水木優子朝板垣看，板垣把臉別開。

「你試圖贏得水木小姐的心，為達到這個目的，你也希望能出人頭地。你一定認為她不會和一個小小AD交往，你去接近板垣先生，想必也有這一層意圖。可是你又不能越過細田先生，後來你知道細田先生想和水木小姐復合，這下細田先生不但是情敵，也是工作上的障礙，你希望細田先生消失。正常情況下，你是無法除掉細田先生的，可是這時候，千載難逢的機會來臨了。」

上原盯著青山看，又是一段漫長的沉默，上原硬是不肯開口。

終於，他的身體開始前後搖擺，最後他虛脫地雙膝著地，肩膀開始顫抖，無聲地哭了。

這就是犯人卸下心防的瞬間。

「是你幹的吧？」川那部檢視官問。

上原雙手扶著地，垂著頭，在雙肩顫抖中點頭。
川那部檢視官嘆了一口好大的氣。
北森說：「檢視官，請上手銬。」
川那部搖頭：「不，上手銬是你的工作。」他的臉上滿是挫敗。
看到川那部這樣，佐分利感到非常羞恥。
北森將上原銬上了手銬，於是破案的功勞便歸目黑署，確然無疑。
百合根再一次深切感到自己的無能與ST的可靠。

安排好警車，北森與佐分利拘捕上原，將他帶往警察署，水木優子在川那部檢視官勸慰下與他們同行。
他們走了之後，板垣低聲說：「這段泡湯了。」
千葉說：「還是拍到了水木優子看到細田亡靈的那一幕。」
「能用嗎？我也是有良心的。」
千葉微微一笑。

板垣邊朝門口走邊說：

「節目就要進棚了，把水木優子的片段剪掉吧，用你擅長的紀實風就好。」

「了解。」

「看來，往後和你合作的日子很長啊。」

板垣邊說邊朝門口走去。

百合根與ST也收拾準備離開。

「我真是造孽。」安達說，「要不是我在靈視之後，拿出頸部有破損的紙人……」

「紙人其實不是靈視的結果吧？」青山說。

百合根吃了一驚，但安達沉著地回答：

「那確實是單純的小把戲。我把紙人拋出去的時候，用食指和拇指捏住頸部，用拇指的指甲劃破，落在地上時，看起來就會是因為靈異現象而造成頸部破損。」

「那為何是撕破頸部？」

「因為自殺以上吊居多。」

百合根感到全身無力，說：

「我以為青山你一直懷疑是安達先生。」

「為什麼？」

「你不是一直把靈異現象搬出來，動不動就想見安達先生嗎？」

「哦，那是有原因的，這就請赤城來解釋吧。」

百合根看著赤城，赤城向安達春輔說：

「你的頭痛症狀，看來不是精神上，也不是血管緊縮造成的。顳葉受到刺激就會痛，電磁波是原因之一，你有沒有看到另一個自己的經驗？」

「當然，我有好幾次靈魂出竅的經驗。」

赤城點點頭，「靈魂出竅或看到分身，也就是看到另一個自己的現象，說明了這可能是某種病變。」

「病變？」

「你的額葉與顳葉的交界處可能有異常。這個部分能在下意識辨識自己的身體大小與形狀，一旦發生異常，就會產生看到分身或靈魂出竅的體驗。」

安達春輔皺起眉頭看著赤城。

赤城說：「你可能長有腦瘤，要盡快接受檢查。」

安達春輔沉默了一會兒，然後說：「我願意接受檢查。」

「很好，我來安排。」

百合根問青山：「你什麼時候發現安達先生生病了？」

「不是我發現的，我只是因為赤城很在意安達先生才注意到。」

百合根心想，原來如此。也許ST的組員之間心意相通的程度，比他所知的更深切。

走出房間時，安達春輔回頭說：

「這次的靈異現象，也許原因真的是電磁波，但是我經歷過為數眾多的靈異現象，其中有一些如果不是靈，是無法解釋的。」

「我知道，」青山說，「就算不借助頭痛，你一定也會是個成功的靈媒。」

安達春輔微微點頭後離去，百合根覺得那時候，他似乎微微一笑。

16

又是徹夜趕工。受板垣製作人委託必須趕工剪接，千葉絕口不提命案，默默埋頭苦幹。

連續熬夜兩天，剪接工作完成了。

在黎明的剪接室裡伸了一個大大的懶腰之後，千葉說：

「一早就把這個送去給板垣先生。」

「是。」

一郎將完成的帶子從機器裡取出來，正在寫標籤時，千葉說：

「你懷疑我對吧？」

一郎一驚，看著千葉：「沒有，那個……」

「沒關係，我做了那些事，也難怪被懷疑，誰叫我偷藏了證據錄影帶。」

一郎決定把一直縈繞心頭的疑問大膽提出來：

「你早就知道上原是兇手了嗎？」

「隱約猜到了，因為只可能是他。本來我是希望他去自首的。」

「原來是這樣啊。」

千葉又伸了一次懶腰。

「過去的事就過去了，我們必須向前看。」

「板垣先生說，往後合作的日子很長。」

「那也得交得出東西來才行啊，少了細田先生和上原，這個缺口可大了。」

「是啊，得再找人才行。」

「對，只靠我們兩個實在沒辦法。」

「要找有經驗的導播吧。」

「不，我想向社長建議，不要找導播，找AD。」

「導播只要千葉先生一個人就夠了嗎？」

「不是的。」

「那，要社長回鍋？」

「有你啊。」

「咦？」

「由你當導播，你可以勝任，我想你可以的。」

一郎在過度驚訝中茫然地望著千葉：「可是我……」

「工作是邊做邊學的，我來跟社長說。」

千葉從椅子上站起來，往一郎肩上一拍，便走出剪接室。

我當導播……一郎還是很茫然。

要我當導播……一郎在心中重複這句話。

赤城向大家報告，安達春輔果然是腦瘤，但手術很順利，目前恢復良好。

百合根鬆了一口氣，但青山早已不感興趣，沒有任何反應。

「少了腦瘤，不會頭痛以後，他能繼續當靈媒嗎？」

百合根這麼說。對於這一點，赤城什麼也沒說，翠也顯得漠不關心，本來期待黑崎回答就是枉然。

山吹說：「就像那時候青山說的，就算頭不會痛了，他一定也能繼續當靈媒，他並不是光靠頭痛幹這一行的。」

「所謂的靈異現象，原來是電磁波造成的啊，我當時頭一次經歷到，嚇了好大一跳。」

「不見得全都是電磁波的關係，」山吹說，「就像安達先生說的，世上有很多事情，只能用鬼魂亡靈才能解釋。」

「歇斯底里、腦部機能障礙、精神疾病，」赤城說，「能用這些來解釋的例子也不少。頭兒，你可別把這和尚的話當真了。」

那天傍晚，菊川來到ST室。

「川那部檢視官這陣子安分得很啊。」菊川一反往常，心情似乎很愉快，「這樣ST就好做事了。」

百合根暗自嘆了一口氣。

「安分是一時的吧，他那個人一定還會來找碴。」

「到時候再靠我們ST的力量讓他閉嘴就好了。」

百合根覺得奇怪，菊川什麼時候變得會幫ST說話了？過去，菊川自己就視ST為眼中釘啊。

下班鈴聲響了。

青山打了一個哈欠，說：「吶，我可以回去了嗎？」

娛樂系 038

ST警視廳科學特搜班：青色調查檔案

作者 今野敏
譯者 劉姿君
責任編輯 王淑儀
美術編輯 POULENC
書衣裡插畫 chocolate
發行人 林依俐

出版 青空文化有限公司
台北市大安區敦化南路二段105號10樓
讀者服務信箱：service@sky-highpress.com

總經銷 大和圖書有限公司
電話 02-8990-2588
印刷 前進彩藝有限公司

出版日期 2014年12月 初版一刷
2023年11月 二版二刷
定價 280元
ISBN 978-986-97633-9-4

國家圖書館出版品預行編目 (CIP) 資料

ST 警視廳科學特搜班：青色調查檔案 / 今野敏著
; 劉姿君譯 . -- 二版 .
-- 臺北市 : 青空文化有限公司 , 2021.12
296 面 ; 10.5 x 14.8 公分 . -- (娛樂系 ; 38)
ISBN 978-986-97633-9-4(平裝)
861.57 110017222

青空線上回函